प्रेम से जपा करो

मेरे प्रिय भजन और आरती गीत

प्रेम से जपा करॐ

मेरे प्रिय भजन और आरती गीत

संचयन

आदर्श अग्रवाल

राधाकृष्ण

नयी दिल्ली पटना इलाहाबाद कोलकाता

ISBN : 978-81-8361-664-5

प्रेम से जपा करूँ

© आदर्श अग्रवाल

पहला संस्करण : 2014

मूल्य : ₹ 250

प्रकाशक :
राधाकृष्ण प्रकाशन प्राइवेट लिमिटेड
7/31, अंसारी मार्ग, दरियागंज, नई दिल्ली–110 002

शाखाएँ
अशोक राजपथ, साइंस कॉलेज के सामने, पटना–800 006
पहली मंजिल, दरबारी बिल्डिंग, महात्मा गांधी मार्ग, इलाहाबाद–211 001
36 ए, शेक्सपियर सरणी, कोलकाता–700 017
वेबसाइट : www.radhakrishnaprakashan.com
ई-मेल : info@radhakrishnaprakashan.com

सम्पादन : आकांक्षा अग्रवाल
आवरण एवं कलात्मक सृजन : हेमन्त भटनागर
कलात्मक रूप-सज्जा : तापस सरकार

मुद्रक : बी. के. ऑफसेट
नवीन शाहदरा, दिल्ली–110 032

Prem Se Japa Karun
An Anthology of Hymns and Devotional Songs
by Adarsh Agarwal

माँ सीता देवी और पिता वेदप्रकाश बंसल

के श्रीचरणों में ...

माता गुरुतरा भूमेः

खात् पितोच्चतरस्तथा ।

माता का गौरव पृथ्वी से भी अधिक है।

पिता आकाश से भी ऊँचा है।

—वनपर्व, महाभारत 319/60

अनुक्रम

द्वितीय परिक्रमा

राधे-कृष्ण भजन

जन्मोत्सव और बाल-लीलाएँ

किशोर अवस्था

विवाह की शुभ बेला

श्री राधे-कृष्ण भक्ति गीत

पंजाबी में रचित माँ की भेंटें

210

चतुर्थ परिक्रमा

नानी-दादी का आराधन सन्दूकचा

पंचम परिक्रमा

आरती गीत

दिविभूमौ तथाकाशे बहिरन्तश्च मे विभुः।
यो विभात्यवभसात्मा तस्मै सर्वात्मने नमः ॥

वह प्रकाश-स्वरूप सर्वव्यापी परमात्मा जो स्वर्ग में, भूतल में, आकाश में तथा हमारे अंदर और बाहर सर्वत्र प्रकाशवान है, उस सर्वात्मा को मेरा नमन है।

—योगवासिष्ठ (वैराग्य प्रकरण, सर्ग 2)

जा दिन प्रीति स्याम सौं कीन्ही

जीवन की सुन्दर इन्द्रधनुषी यात्रा में कुछ स्मृतियाँ इतनी मृदु होती हैं कि तन में साँस रहने तक उनका साथ नहीं छूटता, और उनकी डोर पकड़े-पकड़े ही हम इहलोक की वैतरणी पार कर लेते हैं। कुछ ऐसी ही मीठी यादें मथुरा, गोकुल, नन्दगाँव, वृन्दावन, बरसाना और गोवर्धन को लेकर मेरे मन में बसी हैं। मथुरा के घिया मंडी मोहल्ले में घाटी के बिल्कुल ऊपरी छोर पर नाना बेनीप्रसाद अग्रवाल की सितारों से बातें करती हवेली थी। नीचे कोठरीनुमा तहखाना, ऊपर दो-मंजिला बहुसंख्यक कमरों वाला भवन, जिसके ऊपर बड़ी-सी छत। बगल में घुड़साल थी, जहाँ उनका गहरे भूरे रंग का बलशाली घोड़ा, चमचमाती गाड़ी और गाड़ीवान हीरा काका का डेरा था। मात्र चार साल की रही हूँगी तब! नाना इंजीनियर थे, नानी रही नहीं थीं, वे दोनों का ही प्यार देते। कम उम्र में ही पत्नी के चल बसने से उन्होंने अपना ध्यान भक्ति में लगा लिया था। सड़कें बिछवाने, पुल बनवाने, सरकारी इमारतों का निर्माण करवाने के बाद जितना समय मिलता ईश्वरीय भक्ति में बिता देते।

जब-जब छुट्टियाँ होतीं और माँ अपने मायके आतीं, मैं भी उनके साथ हो लेती। नाना बड़े लाड़-चाव से अपनी घोड़ागाड़ी में बिठा कभी गोकुल-वृन्दावन, कभी बरसाना और कभी गोवर्धन की परिक्रमा कराते। देखती कुछ भक्तजन ताँगे में, कुछ पैदल, तो कुछ दंडवत् करते

हुए 'परिकम्मा' का सुख पाने में लीन होते। लोगों से बात होती तो पता चलता भगवान ने किसी भक्त की सन्तान इच्छा, तो किसी के पुत्र अथवा पुत्री के विवाह की मन्नत पूरी की है तो किसी के कामकाज में श्रीवृद्धि की है और समस्त परिवार अपनी श्रद्धा अभिव्यक्त करने के लिए सवा मन दूध की धार से परिक्रमा लगाने आया है। कुछ लोग तो ईश्वर का धन्यवाद प्रकट करने के लिए बाकायदा बाजे-गाजे के साथ आते।

नौ साल की थी तो नाना ने मुझे श्रीमद्भगवद्गीता उपहार में दी। इसे बहुत बरस तक मैंने सँजोकर रखा। उसमें संस्कृत श्लोकों के साथ-साथ उनका भावार्थ भी प्रस्तुत था। मैं उनका गूढ़ अर्थ समझने का पूरा जतन करती, लेकिन मेरा बाल-मस्तिष्क उसे आधा-अधूरा ही समझ पाता। सच तो यह है कि इस प्राचीन हिन्दू ग्रंथ में अंकित दर्शन-फलसफा सागर से भी गहरा है, उसके भीतर कितने अद्भुत रत्न हीरे-जवाहरात छुपे हुए हैं, इसका अहसास तभी होता है जब हम उसमें गहरा उतरने का साहस करते हैं। आज जीवन के 76 वसन्त देख लेने के बाद भी मैं उसकी गहराइयों को छूने की कोशिश में जुटी हूँ।

नाना एकादशी के दिन व्रत रखते। उस रोज वे सुबह-सुबह ही बाँके बिहारी जी के दर्शन करने वृन्दावन जाते। मैं भी उनके साथ घोड़ागाड़ी में बैठ जाती। माँ की बुआ भी ननिहाल में ही

रहती थीं। वह बाल-विधवा थीं। उन्होंने ही मेरी माँ, मौसियों और मामाओं का पालन-पोषण किया। उन्हें माँ जैसा प्यार दिया। सुबह नित्यकर्म से निपट नहा-धोकर वे भगवान श्रीराधा-श्रीकृष्ण की जीती-जागती प्रतिमाओं को स्नान करातीं, उनका विधिवत् शृंगार करतीं और उनकी आरती उतार उन्हें भोग लगातीं। शाम होने पर नित्य घर में आरती होती। हमें बहुत आनन्द आता।

नानीबुआ के साथ हम यमुनाजी पर स्नान करने जाते। उस समय यमुनाजी की छवि देखते ही बनती थी! उसमें डुबकियाँ लगाने का सुख बिल्कुल निराला था। कुछ साल पहले मथुरा जाने पर जब मैंने अपने भाई (मामा के बेटे सुभाष) से यमुनाजी में स्नान करने की इच्छा प्रकट की तो उसने साफ इंकार कर दिया, बोला, "बहन, बीमार होना है क्या?" जिद करके घाट पर गई तो यमुनाजी को देख मन व्यथित हो उठा। डुबकी लगाने की इच्छा अधूरी ही छूट गई।

छोटी थी तो यमुनाजी का जल कितना स्वच्छ-निर्मल था। मानो यमुनोत्तरी से उतर मथुरा तक सीधे ही चली आई हों! घाट पर थपकी देती उनकी श्यामल धाराओं का रंग बिल्कुल कान्हा के जादुई रंग जैसा नजर आता!

घाट के पास बाजार सजा रहता। उसमें तरह-तरह की मनमोहक मूर्तियाँ दिखाई देतीं—किसी में लड्डू गोपाल तो किसी में बाँसुरी बजाते श्रीकृष्ण के दर्शन होते, किसी में गोपियों के साथ रासलीला का चित्रण होता, किसी में भगवान गैया चराते दिख पड़ते। कुछ मूर्तियाँ राधा-कृष्ण की सुन्दर युगल जोड़ी की होतीं। ऐसी ही किसी दुकान से नाना ने मुझे लड्डू गोपाल की मूर्ति दिलाई थी। बरसों तक मैंने बड़े मन से उसकी सेवा की। उसे स्नान कराने में, वस्त्र-आभूषण से सजाने में, भोग लगाने में मुझे असीम आनन्द मिलता।

सच कहूँ तो मुझे ईश्वरीय भक्ति का वरदान नाना से और नानीबुआ से ही मिला। गरुड़ पुराण में सात ऐसे पवित्र नगरों का वर्णन है, जिन्हें मोक्ष-द्वार माना गया है। मथुरा इनमें प्रथम पंक्ति में गिना गया है। यह मेरा अहोभाग्य है कि इसी पवित्र नगरी में मेरा ननिहाल बसा था। इसी नाते बचपन से ही मेरा वहाँ आना-जाना लगा रहा।

मेरी दादी को भी भजन बहुत प्रिय थे। वह सुबह चार बजे ही उठ जातीं और घर के कामकाज देखने के साथ-साथ राम नाम के भजन गुनगुनाती रहतीं। उन्हें कबीर के दोहे भी बहुत पसन्द थे। फुरसत के क्षणों में ये दोहे उनके सबसे बड़े साथी थे। उनकी याददाश्त अद्‌भुत थी, न जाने कितने ही भजन और दोहे उन्हें जुबानी याद थे!

नाना, नानीबुआ और दादी का यह ईश्वरीय प्रेम मुझ पर परवान

चढ़ गया। बहुत बचपन में ही मेरे भीतर भक्ति की जोत जल गई। उससे मुझे जीवन में अपार शक्ति मिली। जब-जब कठिन क्षण आए, हमेशा आस्था और श्रद्धा की ही जीत हुई। मुश्किलें आसान हो गईं, अन्तर्मन में सदा यह विश्वास बना रहा कि अगर विपदा के बादल मँडराए हैं तो समय आने पर प्रभु उन्हें दूर कर अपने से मुश्किल हल कर देंगे।

जहाँ तक इस कृति की बात है, इसकी रचना पाँच परिक्रमाओं में है। शुभारंभ सभी विघ्नों को हरकर सब काम पूरण करने वाले गणपतिजी महाराज के आनन्दकारक भजनों से है, जिनमें शिव-गौरी नन्द की उत्सवमयी उपासना के बोल सजे हैं।

द्वितीय परिक्रमा श्रीराधा-श्रीकृष्ण के भजनों को समर्पित है। पहले गोकुल में नन्द महाराज और यशोदा मैया के लाड-प्यार और भगवान श्रीकृष्ण की नटखट बाल-लीलाओं से सजे गीत हैं; बरसाना में पिता वृषभानु और माँ कीर्ति देवी के यहाँ श्रीराधा के जन्म की सुन्दर गाथा है; फिर होली के रंगोंभरे पर्व पर श्रीकृष्ण और श्रीराधा के ईश्वरीय मिलन और दोनों के अद्भुत प्रेम का वर्णन है; मधुवन (वृन्दावन) के सेवाकुंज में दोनों की रास-लीला और तदुपरान्त श्रीराधा-श्रीकृष्ण के विवाह के मधुर शब्दचित्र हैं! परिक्रमा के आखिरी हिस्से में चिरकाल से कंठबद्ध होते आ रहे श्रीराधा-श्रीकृष्ण के भक्ति-गीत हैं। यूँ तो ये सभी मेरे प्रिय हैं, लेकिन परमार्थ निकेतन, ऋषिकेश में

सुबह-शाम आरती के समय गाये जानेवाले—*'गोविन्द जय-जय, गोपाल जय-जय'* के आत्मा को छूते सरल स्वर मेरे मन-मस्तिष्क में आज भी ताजा हैं।

तृतीय परिक्रमा में माँ अम्बिका के भजन हैं। पहले हिन्दी में, फिर पंजाबी में रचित भक्ति रचनाएँ हैं। इनका रस लेने के बाद चतुर्थ परिक्रमा में कुछ ऐसे चुनिंदा आराधन गीत हैं, जिन्हें हम बचपन में नानीबुआ और दादी को गाते सुना करते थे। इन गीतों में अनेक सामाजिक सरोकार, जैसे—पर्यावरण संरक्षण, दैनिक आचरण, सास-बहू के सम्बन्ध मुखर होते देखे जा सकते हैं। सूर्यदेव, गिरिराज, यमुना मइया, गंगे महारानी, पेड़ों में बसे भगवान, तुलसी माँ, पथवारी और गौ माता की महिमा का बखान तो है ही, हर किसी के लिए शुद्ध आचरण की संहिता भी गूँथ दी गई है। मेरी यह विनती है कि इस आराधन सन्दूकचे को अमूल्य निधि मान हम अपने भीतर सुरक्षित रखें; इन गीतों को लुप्त न होने दें।

आखिरी या कहूँ पंचम् परिक्रमा उन आरती गीतों की है, जिन्हें सप्ताह के खास दिनों पर या अलग-अलग त्यौहारों के रोज इष्टदेव का सिमरण करते हुए गाया जाता है। इन गीतों में अनेक प्रकार के भाव अवतरित होते हैं, किन्तु मेरा मानना है कि ईश्वर के प्रति समर्पण और जीवन में जो सुख-सुविधाएँ हमें प्राप्त हैं, उनके प्रति ईश्वर का धन्यवाद करना सबसे श्रेष्ठ भाव है।

आशा ही नहीं बल्कि मेरा यह सुदृढ़ विश्वास है कि यह कृति आपको भक्ति रस में, ईश्वरीय प्रीति में मग्न होने में सच्ची सखा सिद्ध होगी!

—आदर्श अग्रवाल

श्री राम कुटीर
वसंत कुंज, नई दिल्ली

प्रथम परिक्रमा

गजानन भजन

मंगलमय हो जीवन सबका
दो तुम हमें यह वरदान!
गणपति तुम्हें हमारा
कोटि-कोटि प्रणाम!

ज्ञानदीप उर के अन्तर धर

नमो नमन अभिनन्दन गणपति,
तुम्हें बारम्बार प्रणाम,
गजानन, तुम्हें शत-शत प्रणाम!

प्रथम नाम तुम्हारा सुमिरते, भाव पुष्प अर्पित नव करते
मंगलमय हो सबका जीवन, ऐसा दो वरदान
गजानन, तुम्हें शत-शत प्रणाम!

ज्ञानदीप उर के अन्तर धर, करें अर्चना हे विघ्नेश्वर
आशा पूरी करो विनायक, करें तुम्हारा गान
गजानन, तुम्हें शत-शत प्रणाम!

जीवन अमृतमय हो पावन, मन हर्षित आलोकित आँगन
मुक्त हस्त से बाँट विनायक, सुख सम्पति धन-धान
गजानन, तुम्हें शत-शत प्रणाम!

आई है गणेश चतुर्थी

आई-आई है गणेश चतुर्थी
गौराँ जी हर्षाई रे
आई-आई है गणेश चतुर्थी

देवताओं ने भी अर्शों से फूल बरसाए
प्यार भरे हाथ से झूला झुलाए
ओ सखी, ओ सखी, देखन को धन अनूठा
गौराँ जी हर्षाई रे
आई-आई है गणेश चतुर्थी

गोल-गोल लड्डू गजानन को भाए
लड्डुओं से खेलें, ये लड्डू लुटाएँ
ओ चलो, ओ चलो, केसर के लड्डू खिलाएँ
गौराँ जी हर्षाई रे
आई-आई है गणेश चतुर्थी

कानन में कुंडल गले में मोती माला
पीले-पीले वस्त्रों में लगता निराला
ओ चलो, ओ चलो, गणपति को आज सजाएँ
गौराँ जी हर्षाई रे
आई-आई है गणेश चतुर्थी

शिव भोले दानी का नन्हा-सा बाल
गिरिजा का ललना बना जग-पालक
ओ दर से गया न कोई खाली
गौराँ जी हर्षाई रे
आई-आई है गणेश चतुर्थी ॥

रुनक-झुनक पग नेवर बाजे

रुनक-झुनक पग नेवर बाजे, गजानन्द नाचे।
गजानन्द विनायक, गणपति जी नाचे ॥

पिता तिहारे हैं शिव शंकर, नन्दीश्वर साजे।
मात तिहारी हैं श्री गिरिजा, सिंह चढ़े गाजे ॥

मूषक वाहन सूँड-सुँडाला, एक दन्त साजे।
गल पुष्पन की माल विराजे, कोटि काम लाजे॥

विघ्न-विनाशक मंगल कारण, राजन पति राजे।
तुलसिदास गणपति जी सुमिरे, दुख-दरिद्र भाजे ॥

बिनती है यह प्रभु हमारी

गजानन लगा दो पार, बिनती है यह प्रभु हमारी
गणपति आन पधारो, हाथ जोड़ तुम्हें बुलावें हम ॥

आओ पारबती के लाला, मूषक वाहन सूँड-सुँडाला
जपें तुम्हारे नाम की माला, ध्यान लगाते हैं ॥

उमापति शंकर के प्यारे, तू भक्तों के काज सँवारे
बड़े-बड़े पापी तारे, जो शरण में आते हैं ॥

लड्डू-पेड़ा भोग लगावें, पान सुपारी पुष्प चढ़ावें
हाथ जोड़ के करें वन्दना, हम शीश झुकाते हैं ॥

सब भक्तों ने टेर लगाई, सबने मिलकर महिमा गाई
ऋद्धि-सिद्धि संग में ले आओ, हम भोग लगाते हैं ॥

नाचत गणपति आनन्द आवे

नाचत आवें गणपति आनन्द आवे
नाचत आवें देवा नाचत आवें ॥

बैल चढ़े शिव शंकर आवें
संग में लावें पारवती आनन्द आवे ॥

श्री राम भी आवें देवा बजरंग भी आवें
संग में लावें सिया सती आनन्द आवे ॥

रथ पर चढ़े श्री कृष्ण भी आवें
संग में लावें राधारानी आनन्द आवे ॥

ब्रह्मा भी आवें देवा विष्णु भी आवें
संग में लावें सरस्वती आनन्द आवे ॥

नाचत आवें गणपति आनन्द आवे
नाचत आवें देवा नाचत आवें ॥

विघ्न-विनाशक वैभव-दाता

प्रथम धरूँ मैं ध्यान
गजानन देवा को
सुमरूँ बारम्बार गजानन देवा को...

सब देवों में देव शिरोमणि
करते जय-जयकार
गजानन देवा को ...

शिव शंकर गिरजा के प्यारे
सिद्धि के भरतार
गजानन देवा को ...

पूरण होएँ मनोरथ सारे
ध्यावे जो इक बार
गजानन देवा को ...

विघ्न-विनाशक वैभव-दाता
मंगलदायक नाम
गजानन देवा को...

सब भगतों का स्वीकार हो देवा
चरणों में प्रणाम
गजानन देवा को...

सुमरूँ बारम्बार
गजानन देवा को ॥

मंगल चरण

नमो गणेश सरस्वती
निज गुरु दीनदयाला
करो कृपा हरि यह कह
पूजे सब मन काम ॥

जो सुमिरत सिधि होइ
गननायक करिबर बदन
करउ अनुग्रह सोइ
बुद्धि रासि सुभ गुन सदन ॥

मूक होइ बाचाल
पंगु चढ़इ गिरिबर गहन
जासु कृपाँ सो दयाल
द्रवउ सकल कलिमल दहन ॥

नील सरोरुह स्याम
तरुन अरुन बारिज नयन
करउ सो मम उर धाम
सदा छीरसागर सयन ॥

सब काम पूरण कीजिए

रख लाज मेरी गणपती
अब तो शरण में लीजिए
कर आज मंगल हे प्रभू
सब काम पूरण कीजिए

सिद्धि विनायक दुख हरण
सन्तापहारी सुख करन
करूँ प्रार्थना मैं नित्यप्रति
वरदान मंगल दीजिए

रख लाज मेरी गणपती
अब तो शरण में लीजिए।

तेरी दया तेरी कृपा
हे नाथ हम माँगें सदा

तेरे ध्यान में लगावें मती
प्रणाम मम अब लीजिए।

रख लाज मेरी गणपती
अब तो शरण में लीजिए

करते प्रथम तव वन्दना
तेरा नाम है दुख भंजना
मेरी अन्त समय हो शुभ गती
मम प्रार्थना सुन लीजिए

रख लाज मेरी गणपती
अब तो शरण में लीजिए ॥

जय-जय शिवनन्दन

जय-जय शिवनन्दन
नाथ, करें हम वन्दना तिहारी
तुम सुख दाता
प्रभु, पड़े हम शरण तिहारी

धन पार्वती है माई
जिन ऐसा गणपति जाई
भगतों के होत सहाई
नाथ, करें हम वन्दना तिहारी।

तेरे माथे तिलक विराजे
गल पुष्पों की माला साजे
तुम तीन लोक में विराजे
नाथ, करें हम वन्दना तिहारी।

प्रभु, हम पर कृपा कीजो
हमें राम नाम धन दीजो
हमें अपनी शरण में लीजो
नाथ, करें हम वन्दना तिहारी।

जो प्रथम गणेश मनावे
वो मन वांछित फल पावे
वो अमर लोक को जावे
नाथ, करें हम वन्दना तिहारी।

जय-जय शिवनन्दन
नाथ, करें हम वन्दना तिहारी
तुम सुख दाता
प्रभु, पड़े हम शरण तिहारी ॥

विघ्न करो तुम दूर

गणपति विघ्न करो सब दूर
हरदम तुमको ध्याऊँ मैं
आपके चरणों की मैं धूल
गणपति विघ्न करो सब दूर

एक देव गल मोतियन माला
संकट काटो हे प्रतिपाला
शिव-गौरी के हो तुम लाला
मस्तक चढ़े सिन्दूर
गणपति विघ्न करो सब दूर

रामचन्द्र लंका को धाए
पहले आदि गणेश मनाए
रण में जाके होए सहाए
वैरी चकनाचूर
गणपति विघ्न करो सब दूर

धूप दीप नैवेद्य चढ़ाऊँ
निश्चय धार सभी फल पाऊँ
चरण छोड़ कहीं न जाऊँ
हाजिर रहूँ हजूर
गणपति विघ्न करो सब दूर ॥

जय शिव-गौरी नन्द गणेश

जय शिव-गौरी नन्द गणेश
प्रथम प्रणाम हमारा करो

माता पार्वती हैं, पिता महेश
प्रथम प्रणाम हमारा करो

शीश गजानन मुकुट विराजे, सुन्दर बदन सुरेश
प्रथम प्रणाम हमारा करो

ऋद्धि-सिद्धि सब ध्यावत तुमको, नारद शारद शेष
प्रथम प्रणाम हमारा करो

विघ्न हरण मंगल के दाता, काटो नाथ कलेश
प्रथम प्रणाम हमारा करो

हम सब आए शरण तुम्हारी, कृपा करो हमेश
प्रथम प्रणाम हमारा करो

जय शिव-गौरी नन्द गणेश
प्रथम प्रणाम हमारा करो ॥

प्रणाम मेरा प्रणाम

गणपति गणेश को, उमापति महेश को
मेरा प्रणाम है, मेरा प्रणाम है

लक्ष्मी के भरतार को, नारायण अवतार को
मेरा प्रणाम है, मेरा प्रणाम है

सीतापति राम को, मुक्ति के धाम को
मेरा प्रणाम है, मेरा प्रणाम है

कृष्ण कन्हैया को, बलदाऊजी के भैया को
मेरा प्रणाम है, मेरा प्रणाम है

श्री वृषभानुदुलारी को, राधा मात हमारी को
मेरा प्रणाम है, मेरा प्रणाम है

श्री वृन्दावन धाम को, बरसाना नन्दगाँव को
मेरा प्रणाम है मेरा प्रणाम है

अंजनी के पूत को, श्री राम जी के दूत को
मेरा प्रणाम है, मेरा प्रणाम है

श्री अम्बे महारानी को, शक्ति आदि भवानी को
मेरा प्रणाम है, मेरा प्रणाम है

सच्चियाँ जोताँ वाली को, मइया शेराँ वाली को
मेरा प्रणाम है, मेरा प्रणाम है

सतगुरु दीनदयालु को, स्वामी परम कृपालु को
मेरा प्रणाम है, मेरा प्रणाम है

गणपति गणेश को, उमापति महेश को
मेरा प्रणाम है, मेरा प्रणाम है ॥

द्वितीय परिक्रमा

राधे-कृष्ण भजन

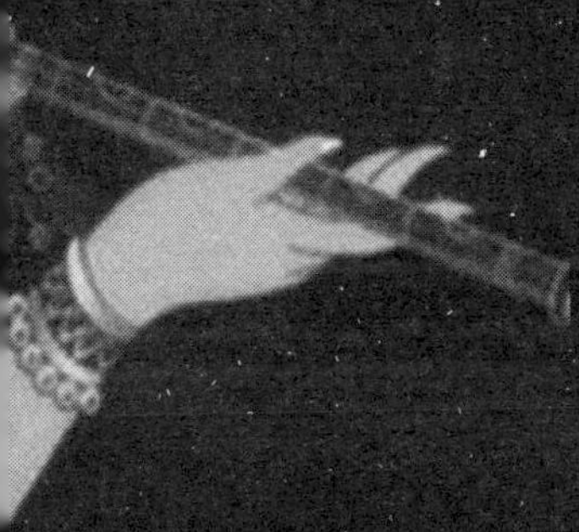

सुन्दर है अनमोल
श्याम तेरी बाँसुरिया
बोलत मीठे बोल
श्याम तेरी बाँसुरिया

श्री कृष्ण जन्म

यशोदा जायो ललना
मैं वेदन में सुन आई
मैं वेदन में सुन आई
पुराणों में सुन आई

मथुरा में लाला जन्म लिया है
गोकुल में झूले पलना
मैं वेदन में सुन आई

ले वसुदेव चले गोकुल को
मारग में गहरी जमुना
मैं वेदन में सुन आई

छूवत चरण उतर गई जमुना
जल हो गयो घुटना-घुटना
मैं वेदन में सुन आई

काहे को याको
बन्यो रे पालना
काहे लागे फूँदना
मैं वेदन में सुन आई

रतन जड़ित याको
बन्यो है पालनों
रेशम लागे फूँदना
मैं वेदन में सुन आई

नन्द बाबा गोदान करत हैं
बधाई बाजे अँगना
मैं वेदन में सुन आई

चन्द्रसखी भज बाल कृष्ण छवि
चिर जीवे तेरो ललना
मैं वेदन में सुन आई
यशोदा जायो ललना
मैं वेदन में सुन आई ॥

प्रगट भयो श्री कृष्ण

देखो री सखी ये कैसा बालक
रानी यशोमति जाया री

सुन्दर बदन कमल दल लोचन
देखत चन्द्र लजाया री
पूर्ण ब्रह्म अलख अविनाशी
प्रगट नन्द घर आया री

देखो री सखी ये कैसा बालक
रानी यशोमति जाया री

मोर मुकुट पीताम्बर सोहे
केसर तिलक लगाया री
कानन कुंडल गलबिच माला
कोटि भानु छवि छाया री

देखो री सखी ये कैसा बालक
रानी यशोमति जाया री
कालिय मर्दन कंस निकन्दन
गोपीनाथ कहलाय री
शिव सनकादिक और ब्रह्मादिक
शेष सहस मुख गाया री

देखो री सखी ये कैसा बालक
रानी यशोमति जाया री
सुर मुनि नर के ध्यान न आवे
अद्‌भुत चीख दिखाया री
परमानन्द कृष्ण मन मोहन
चरणकमल चित लाया री

देखो री सखी ये कैसा बालक
रानी यशोमति जाया री ॥

ब्रज में हो रही जय-जयकार

ब्रज में हो रही जय-जयकार
नन्द घर लाला जायो है
लाला जायो है नन्द घर
लाला जायो है
ब्रज में हो रही जय-जयकार

यूथ के यूथ नन्द घर आवें
ग्वाल बाल सब संग आवें
ब्रह्मानन्द समान आज
सुख सबने पायो है
ब्रज में हो रही जय-जयकार

मांगलिक वस्तु सब ले ली
गावे गीत सखी सहेली
नन्द गाँव और मारग में
दधि खींच मचायो है
ब्रज में हो रही जय-जयकार

ब्रज चौरासी कोस में भइया
सब कहे धन्य यशोदा मैया
बड़ी उमर में नन्दलाल
महल में लाला आयो है
ब्रज में हो रही जय-जयकार

नन्द यशोदा भाग्य बड़ाई
संग सुरेश सबहिं हर्षाई
चिर जीवे ये लाला तेरो
मेरे मन भायो है
ब्रज में हो रही जय-जयकार

नन्द घर लाला जायो है
लाला जायो है नन्द घर
लाला जायो है
ब्रज में हो रही जय-जयकार!

कृष्ण जन्म भयो आज

कृष्ण जन्म भयो आज
बधावा लेकर आई

न लेऊँ साड़ी न लेऊँ बिलाउज
मैं तो लूँगी गले का हार
कृष्ण जन्म भयो आज
बधावा लेकर आई

न लेऊँ टीका न लेऊँ टोपस
मैं तो लूँगी हाथ के कंगन
कृष्ण जन्म भयो आज
बधावा लेकर आई

न लेऊँ बेसर न लेऊँ तीली
मैं तो लूँगी नाक की नथनी
कृष्ण जन्म भयो आज
बधावा लेकर आई

न लेऊँ लहँगा न लेऊँ चुनरी
मैं तो लूँगी कमर की तगड़ी
कृष्ण जन्म भयो आज
बधावा लेकर आई

न मैं लेऊँ बिछुये न मैं लेऊँ चुटकी
मैं तो लूँगी पाँव की पायल
बधावा लेकर आई ...
कृष्ण जन्म भयो आज
बधावा लेकर आई ॥

नन्दघर आनन्द भयो

नन्दघर आनन्द भयो
जय कन्हैया लाल की
हाथी दीन्हें, घोड़ा दीन्हें
और दीन्हें पालकी

रत्न दीन्हें, हार दीन्हें
गैया ब्याई हाल की
कंठ और कठूला दीन्हें
मुक्ता दीन्हें भाल की

कड़े दीन्हें, छड़े दीन्हें
बिन्दी दीन्हीं भाल की
सुरमा दिये, दर्पण दिये
कंघी दीन्ही बाल की

जय यशोदा लाल की
जय कन्हैया लाल की
जय दाऊ दयाल की
जय बोलो गोपाल की ॥

छाया आनन्द गोकुल में

छाया आनन्द गोकुल में
बधाई है बधाई है
शुभ घड़ी आज मंगल की
बधाई है बधाई है!

सुनी यह बात ब्रज में घर-घर
कि लालन यशोमति जायो
मग्न सब गोपियाँ धाईं
बधाई है बधाई है!

लुटावे रत्न मणिमाला
मग्न होये नन्दजी मन में
हैं प्रमुदित रोहिनी माई
बधाई है बधाई है!

छाया आनन्द गोकुल में
सभी आशीष देते हैं बधाई है बधाई
कि युग-युग जीवो नन्दलाला
चले जब कृष्ण हर्षाई
बधाई है बधाई है ॥

यशोदा मैया ले ले बधाई

तेरे लाला की सुनके मैं आई
यशोदा मैया ले ले बधाई

तेरे कान्हा की सुनके मैं आई
यशोदा मैया ले ले बधाई

माथे का मुझे टीका घड़वा दे
हाँ, टीका घड़वा दे
और झुमकी की दे दे घड़ाई
यशोदा मैया ले ले बधाई

गले का मुझे हार बनवा दे
हाँ, हार बनवा दे
और चैन की दे दे घड़ाई
यशोदा मैया ले ले बधाई

हाथों के मुझे कंगन दिलवा दे
हाँ, कंगन दिलवा दे
और चूड़ियों की दे दे घड़ाई
यशोदा मैया ले ले बधाई

कमर की मुझे तगड़ी बनवा दे
हाँ, तगड़ी बनवा दे
और गुच्छे की दे दे घड़ाई
यशोदा मैया ले ले बधाई

अंग पर मुझे लहँगा सिलवा दे
हाँ, लहँगा सिलवा दे
और चुनरी की दे दे कढ़ाई
यशोदा मैया ले ले बधाई

पैरों की मुझे पायल बनवा दे
हाँ, पायल बनवा दे
और बिछुओं की दे दे घड़ाई
यशोदा मैया ले ले बधाई

तेरे कान्हा की सुनके मैं आई
यशोदा मैया ले ले बधाई ॥

कहन लगे मोहन मैया-मैया

कहन लगे मोहन मैया-मैया
पिता नन्द सों बाबा-बाबा
अरु हलधर सों भैया

ऊँचे चढ़-चढ़ कहत यशोदा
लै-लै नाम कन्हैया
दूर कहूँ जनि जाहु लला रे
मारेगी काहूँ की गैया
कहन लगे मोहन मैया-मैया ...

गोपी ग्वाल करत कौतूहल
घर-घर लेत बलैया
मनि खम्बन प्रतिबिंब विलोकत
नाच कुँवर निज पैया
कहन लगे मोहन मैया-मैया ...

नन्द जसोदा जी के उर ते
इह छवि अनत न जैया
सूरदास प्रभु तुमरे दरस को
चरनन की बलि जैया
कहन लगे मोहन मैया-मैया
कहन लगे... मैया मैया!

झाँझर (पंजाबी)

झाँझर किने छुपाई नी अडियो झाँझर मेरे श्याम दी
रिडदा-रिडदा मोहन मेरा वेडे दे बिच आ गया
झाँझर बिन हथ-पाँव देखके दिल मेरा घबरा गया
श्याम मेरा रौंदा जांदा, रौंदा चुप न हौंदा,
श्याम नूँ देओ दिलासा, झाँझर लब ल्यासाँ
श्याम दे पैरीं पासाँ... झाँझर किने छुपाई नी ...

झाँझर दा मैं जोड़ा नी अडियो हीरियाँ जड़त जडाया
हुने-हुने मैं श्याम अपने दे पैराँ दे बिच पाया
श्याम मेरा रौंदा जांदा, रौंदा चुप न होंदा,
श्याम नूँ देओ दिलासा, झाँझर लब ल्यासाँ
श्याम दे पैरीं पासाँ... झाँझर किने छुपाई नी...

दसो नी कोई दसो सहेलियो, पूछाँ मैं मिन्नताँ करके
झाँझर दे बदले बिच मैं देवाँ थाल मोतियाँ भर के
श्याम मेरा रौंदा जांदा, रौंदा चुप न होंदा,
श्याम नूँ देओ दिलासा, झाँझर लब ल्यासाँ
श्याम दे पैरीं पासाँ... झाँझर किने छुपाई नी...

एन्ने दे बिच इक सखी सी वेड़े दे बिच आई
झाँझर ल्या ओहने मेरे श्याम दी, मेरे हथ फड़ाई
मैं झाँझर लब ल्याई, मैनूँ देओ बधाई
श्याम दे पैरीं पाई, श्याम मेरा हँसदा जांदा
सबनूँ दर्श दिखादाँ, झाँझर किने छुपाई नी
अडियो झाँझर मेरे श्याम दी ॥

बाजी बाजी रे पैजनियाँ

बाजी बाजी रे श्याम तेरी पैजनियाँ
पैजनियाँ के जैसे रुनझुनियाँ
बाजी बाजी रे श्याम तेरी पैजनियाँ

पेजन वाज सुहावन लागे
सुखी भये रे सब मुनि जनियाँ
बाजी बाजी रे श्याम तेरी पैजनियाँ

मात यशोदा चलना सिखावे
हाथ पकड़कर दो जनियाँ
बाजी बाजी रे श्याम तेरी पैजनियाँ

पीलो सो रँग पीत झगुलिया
रत्न जड़त की पैजनियाँ
बाजी बाजी रे श्याम तेरी पैजनियाँ

चन्दन चर्चित अंग मनोहर
सिर पर सोहत चौतनियाँ
बाजी बाजी रे श्याम तेरी पैजनियाँ

छोटे-छोटे चरण चतुर्भुज मूरति
अलक झलक रही नागनियाँ
बाजी बाजी रे श्याम तेरी पैजनियाँ

शिव ब्रह्मा जाको पार न पावे
ताहि नचावे ग्वालनियाँ
बाजी बाजी रे श्याम तेरी पैजनियाँ

चन्द्रसखी भज बाल कृष्ण छवि
तीन लोक के तुम धनियाँ
बाजी बाजी रे श्याम तेरी पैजनियाँ ॥

नाचे नन्दलाल

नाचे नन्दलाल, नचावे हरि की मैया
नचावे हरि की मैया, नचावे हरि की मैया

मथुरा में हरि जन्म लियो है
गोकुल में पग धरे री कन्हैया
नाचे नन्दलाल, नचावे हरि की मैया

छुमुक-छुमुक पग नूपुर बाजे
ठुमुक-ठुमुक पग धरे री कन्हैया
नाचे नन्दलाल, नचावे हरि की मैया

खेल न खेले लाला, खिलौना न खेले
बंसरी का लाला बड़ा रे बजैया
नाचे नन्दलाल, नचावे हरि की मैया

कुर्ता न पहने लाला कोट न पहने
पीताम्बर का बड़ा रे पहनैया
नाचे नन्दलाल, नचावे हरि की मैया

शाल न ओढ़े लाला दुशाला न ओढ़े
काली कमलिया का बड़ा रे ओढ़ैया
नाचे नन्दलाल, नचावे हरि की मैया

दूध न पीवे लाला मलाई न खावे
माखन-मिसरी का बड़ा रे खवैया
नाचे नन्दलाल, नचावे हरि की मैया

चन्द्रसखी भज बाल कृष्ण छवि
मात यशोदा लेवें है बलैया
नाचे नन्दलाल, नचावे हरि की मैया ॥

नन्द के नन्दलाला

मेरे अँगना में आओ एक बार—
नन्द के नन्दलाला!
बाँस की एक पौरी मँगवाये दूँगी
नूपुर की दो पायल मँगवाये दूँगी
ठुमका लगाओ एक बार—
नन्द के नन्दलाला!

मेरे घर कुछ कमी नहीं है
दूध-दही की मटकी भरी है
भोग लगाओ एक बार—
नन्द के नन्दलाला!
मेरे अँगना में आओ एक बार—
नन्द के नन्दलाला!

ओढ़न को दूँगी काली कमलिया
नाचने को दूँगी राधा गुजरिया
रास रचाओ एक बार—
नन्द के नन्दलाला!
मेरे अँगना में आओ एक बार—
नन्द के नन्दलाला!

चाँदी की तोहे मुरली मँगाये दूँगी
हीरे-मोती उसमें जड़वाये दूँगी
बंसी बजाओ एक बार—
नन्द के नन्दलाला!

मेरे अँगना में आओ एक बार–
नन्द के नन्दलाला!

भक्तों की तुझे दूँगी कतारें
थोड़े गोपी थोड़े ग्वाले
दरश दिखाओ एक बार–
नन्द के नन्दलाला!

मेरे अँगना में आओ एक बार–
नन्द के नन्दलाला!

छोटा-सा रूप दिखाना

छोटा-सा रूप दिखाना
दिखाना मेरे भगवन
छोटा-सा रूप दिखाना

छोटे-छोटे पैरों में
छोटी-सी पैजनियाँ
लगाना मेरे भगवन–
आँगन में ठुमका लगाना, लगाना मेरे भगवन
दिखाना मेरे भगवन–
छोटा-सा रूप दिखाना, दिखाना मेरे भगवन

छोटे-छोटे हाथों में
छोटी-सी बँसुरिया
सुनाना मेरे मोहन–
मीठी सी तान सुनाना, सुनाना मेरे भगवन
दिखाना मेरे भगवन–
छोटा-सा रूप दिखाना

छोटे-छोटे ग्वाल और
छोटे-छोटे बाल हैं
लुटाना मेरे भगवन–
माखन-मिसरी लुटाना
दिखाना मेरे भगवन–
छोटा-सा रूप दिखाना

छोटी-छोटी राधारानी
छोटी-छोटी सखियाँ
रचाना मेरे भगवन–
आँगन में रास रचना
दिखाना मेरे भगवन–
छोटा-सा रूप दिखाना

मीरा के प्रभु गिरधर नागर
बसाना मेरे भगवन–
भक्तों को हृदय में बसाना
दिखाना मेरे भगवन–
छोटा-सा रूप दिखाना ॥

रुन झुन बाजे घूँघरिया

रुनझुन बाजे घूँघरिया
रुनझुन रुनझुन चाले अँगना
बाजे रे श्याम तेरी पैजनियाँ

मोर मुकुट सिर ऊपर सोहे
हीरों लाल रतन जड़िया
श्याम तेरी पैजनियाँ

मात यशोदा दाहिड़ो बिलोवे
अँगुरी चटावे दो जनियाँ
बाजे रे शाम तेरी पैजनियाँ

मात यशोदा चलनो सिखावे
अँगुरी पकड़कर दो जनियाँ
बहन सुभद्रा झुगलो पहरावे
टोपी उढ़ावे लटकनियाँ
चन्द्र सखी भज बाल-कृष्ण छवि
चरनन पै वाके शीश धरियाँ ॥

मैया मोरी, मैं नहिं माखन खायो

मैया मोरी, मैं नहिं माखन खायो
मैया मोरी, मैं नहिं माखन खायो
भोर भयो गइयन के पाछे
मधुवन मोहिं पठायो
चार पहर बंसी बट भटक्यो
साँझ परे घर आयो
मैया मोरी, मैं नहिं माखन खायो ...

मैं बालक बहिंयन को छोटो
छींको केहि बिधि पायो
ग्वाल-बाल सब बैर पड़े हैं
बरबस मुख लपटायो
मैया मोरी, मैं नहिं माखन खायो ...

तू जननी मन की अति भोरी,
इनके कहे पतिआयो
जिय तेरे कछु भेद उपजिहै, जानि परायो जायो
ये लै अपनी लकुटि कमरिया
बहुतहिं नाच नचायो
'सूरदास' तब बिहँसि यशोदा
लै उर कंठ लगायो
मैं नहिं माखन खायो
मैया मोरी, मैं नहीं माखन खायो ॥

प्रगटी राधारानी, बाजे बधइया

प्रगटी राधारानी भानुघर
बाजे बधइया
बाजे बधइया रे
बाजे बधइया!

ब्रह्मा नाचे विष्णु नाचे
शंकर जी का डमरू बाजे
गोपी नाचे ग्वाले नाचे
नाचे लोग लुगइया!

ब्रह्म मंडल में आनन्द छाया
परमानन्द बरसाने आया
हीरे मोती बाबा लुटावे
मइया लुटावे रुपइया!

नाचें-झूमें नर-नारी
प्रगट भई हैं भानुदुलारी
चारों दिशाओं में आनन्द छाया
झूमें ताल-तलैया!

कीरती मइया फूली न समावे
भर-भर थाल स्वर्ण लुटावे
जेठ-जेठानी नंद और बुआ
नाचे भाभी-भैया!

नन्द गाँव से आई बधाई
भानु बाबा लाली जाई
ग्वाल-बाल को संग लेकर
नाचे कुँवर कन्हैया!

प्रगटी राधारानी भानुघर
बाजे बधइया!

छोटी-सी लाली अँगना में डोले

छोटी-सी किशोरी मेरी
अँगना में डोले रे
पायन में पायलिया बाजे
छम-छम करती डोले रे

मैंने वाते पूछी लाली
कौन तिहारो गाम रे?
हँस के बतावे वो
बरसानो मेरो गाम रे!

मैंने वाते पूछी लाली
क्या तिहारो नाम रे?
मीठी-मीठी बोले वो
राधारानी बतावे नाम रे!

मैंने वाते पूछी लाली
कहाँ तेरी ससुराल रे?
शरमाके बतावे
नन्दगाँव मेरी ससुराल रे!

मैंने वाते पूछी लाली
क्या तुम माखन खाओगी?
आहाँ-आहाँ कहिके
मेरे आगे-पीछे डोले रे!

मैंने वाते पूछी लाली
कौन तेरा भरतार रे?
मुस्काके बतावे
मेरो श्यामसुन्दर भरतार रे

छोटी-सी किशोरी मेरी
अँगना में डोले रे
पायन में पायलिया बाजे
छम-छम करती डोले रे ॥

करा दे रे मैया मोरो ब्याह

राधिका गोरी से
ब्रज की छोरी से
मैया, करा दे मोरो ब्याह!

उमर तेरी छोटी है
नजर तेरी खोटी है
कैसे करा दूँ, तेरा ब्याह!
राधिका गोरी से ...

जो तू ब्याह न कराए
तेरी गइया मैं न चराऊँ
आज के बाद मेरी मैया
तेरी देहली पर न आऊँ
आएगा रे मजा, रे मजा
अब जीत-हार का!
राधिका गोरी से ...

चन्दन की चौकी पै
मैया तुझको बिठाऊँ
अपनी राधा से मैया
पैर तेरे दबवाऊँ
भोजन मैं बनवाऊँ
छप्पन प्रकार के!
राधिका गोरी से ...

छोटी-सी दुल्हनियाँ मैया
जब अँगना में डोलेगी
सामने मैया-बाबा
वो घूँघट न खोलेगी
दाऊ से जा कहो, जा कहो
बैठेंगे द्वार पै!
राधिका गोरी से ...

सुन बातें कान्हा की
मैया बैठी मुस्काए
लेके बलैया मैया ही
सीने से अपने लगाए
नजर कहीं—
लग जाए न
मेरे गोपाल को!
राधिका गोरी से
ब्रज की छोरी से
मैया, करा दो मोरो ब्याह!

छोटो सो मेरो मदन गोपाल

छोटी-छोटी गइयाँ छोटे-छोटे ग्वाल
छोटो सो मेरो मदन गोपाल
आगे-आगे गइयाँ पीछे-पीछे ग्वाल
बीच में मेरो मदन-गोपाल

कारी-कारी गइयाँ गोरे-गोरे ग्वाल
श्याम बरन मेरो मदन गोपाल
घास खायें गउएँ, दूध पीवें ग्वाल
माखन खायें मेरो मदन गोपाल

छोटी-छोटी लकुटी छोटे-छोटे हाथ
बंसी बजायें मेरो मदन गोपाल
छोटी-छोटी सखियाँ मधुवन बाग
रास रचायें मेरे मदन गोपाल

छोटी-छोटी गइयाँ छोटे-छोटे ग्वाल
छोटो सो मेरो मदन गोपाल!

राधा क्यों गोरी, मैं क्यों काला

यशोमती मैया से बोले नन्दलाला—
राधा क्यों गोरी, मैं क्यों काला
राधा क्यों गोरी, मैं क्यों काला

बोली मुस्काती मैया, ललन को बताया—
काली अँधियारी आधी रात में तू आया
लाडला कन्हैया मेरा, होऽऽऽ
लाडला कन्हैया मेरा, काली कमली वाला
इसीलिए काला!

यशोमती मैया से बोले नन्दलाला—
राधा क्यों गोरी, मैं क्यों काला...

बोली मुस्काती मैया, सुन मेरे प्यारे—
गोरी-गोरी राधिका के, नैन कजरारे
काले नैनों वाली ने होऽऽऽ
काले नैनों वाली ने, ऐसा जादू डाला
इसीलिए काला!

यशोमती मैया से बोले नन्दलाला—
राधा क्यों गोरी, मैं क्यों काला!

मेरे बाँके बिहारी लाल

मेरे बाँके बिहारी लाल
ना इतना किया करो श्रृंगार
नजर तोहे लग जायेगी
मेरे लाला, नजर तोहे लग जायेगी

गोपाल नजर तोहे लग जायेगी
नन्दलाला नजर तोहे लग जायेगी
मेरे लाला, नजर तोहे लग जायेगी

मोर-मुकुट तेरो शीश पे सोहे
देख-देख मेरो मन मोहे
तेरी टेढ़ी-मेढ़ी चाल
ना इतना किया करो श्रृंगार
नजर तोहे लग जायेगी
मेरे बाँके बिहारी लाल ...

शीश बँधी पगिया जरदारी
गले में सुन्दर माला प्यारी
तेरे आँखों में डोरे लाल
ना इतना किया करो श्रृंगार
नजर तोहे लग लायेगी
मेरे बाँके बिहारी लाल ...

गजब तेरी काली कमलिया
घायल कर दे तेरी टेढ़ी नजरिया
तेरे गले बैजन्ती माल
ना इतना किया करो श्रृंगार

नजर तोहे लग लायेगी
मेरे बाँके बिहारी लाल ...

मस्त बजे तेरी प्यारी बँसुरिया
सुन-सुन दौड़ी आये गुजरिया
नाचे दे दे ताल
ना इतना किया करो शृंगार
नजर तोहे लग लायेगी
मेरे बाँके बिहारी लाल ...

पाँव में तेरी पैजनियाँ बाजे
रुनक-झुनक मन मेरो नाचे
तेरी लकुटी करे कमाल
ना इतना किया करो शृंगार
नजर तोहे लग लायेगी
मेरे बाँके बिहारी लाल ...

मीरा के प्रभु गिरधर नागर
नाच-नाच दासी हो जाय पागल
तेरे घुँघर-वाले बाल
ना इतना किया करो शृंगार
नजर तोहे लग लायेगी
मेरे बाँके बिहारी लाल!

यशोदा तेरे लाल ने (पंजाबी)

पत्थराँ दे नाल
मेरा घड़ा तोड़ेया
नी यशोदा तेरे लाल ने... मदन गोपाल ने

सोने दा गडवा गंगा जल पानी
स्नान करान वेले
श्याम मुख मोड़ेया
नी यशोदा तेरे लाल ने... मदन गोपाल ने

हत्थ कटोरी केसर घोली
तिलक लगान वेले
श्याम मुख मोड़ेया
नी यशोदा तेरे लाल ने... मदन गोपाल ने

चुन-चुन कलियाँ हार पिरोया
हार पान वेले
श्याम मुख मोड़ेया
नी यशोदा तेरे लाल ने... मदन गोपाल ने

पनघट ते मैं खड़ी उडीकाँ
घड़ा चुकान वेले
श्याम मुख मोड़ेया
नी यशोदा तेरे लाल ने... मदन गोपाल ने

यमुना तट ते खड़ी राधिका
बंसरी सुनन वेले
श्याम मुख मोड़ेया
नी यशोदा तेरे लाल ने... मदन गोपाल ने
उँगली मरोड़ी
नाले छल्ला तोड़ेया
नी यशोदा तेरे लाल ने

माखन-मिसरी लै के मैं खड़ियाँ
भोग लगान वेले
श्याम मुख खोल्या
यशोदा तेरे लाल ने ...
नी यशोदा तेरे लाल ने... मदन गोपाल ने ॥

शाम राधा दे द्वारे फुल वेचदा (पंजाबी)

शाम राधा दे द्वारे फुल वेचदा
न ओ फुल वेचदा
न ओ हार वेचदा
ओ ताँ फुल्लाँ दे बहाने
राधारानी वेखदा
शाम राधा दे द्वारे फुल वेचदा

होका देवे नन्दलाल
लै लो मोतियाँ दे हार
आओ-आओ मेरे नाल नीं
मैं हार वेचदा
शाम राधा दे द्वारे फुल वेचदा

सुन के शाम दी आवाज, राधा निकल आई बाहर
ऐ की कीता इ शाम
जे तूँ हार वेचदा
शाम राधा दे द्वारे फुल वेचदा

राधा जादू तूने डाला
डाडा जुल्म कमाया
घर-बार छोड़ आया
नी मैं हार वेचदा
शाम राधा दे द्वारे फुल वेचदा

कहें कृष्ण मुरारी
सुन राधिका प्यारी
तेरे प्रेम दा पुजारी
नी मैं हार वेचदा
शाम राधा दे द्वारे फुल वेचदा

देख राधा शरमाई
नींवी नजर झुकाई
ऐ की कीता ए कन्हाई
जे तू हार वेचदा
शाम राधा दे द्वारे फुल वेचदा

मेरे फुलाँ दा रंग पीला
मैं हाँ गोकुल दा छबीला
आओ करिए रासलीला
नी मैं हार वेचदा
शाम राधा दे द्वारे फुल वेचदा

मेरे फुलाँ दा रंग लाल
मैं हाँ गोकुल दा ग्वाल
आओ-आओ मेरे नाल
नी मैं हार वेचदा
शाम राधा दे द्वारे फुल वेचदा!

घनश्याम बुलावे

घनश्याम बुलावे
झूलन ने चलो राधा बाग में जी

झूलन चलो बाग में सखी
सज सोलह श्रृंगार जी
पहन सकल आभूषण सजनी
निरखे नन्द कुमार जी

मलयागिरि का बन्यो हिंडोलो
डोरी रेशम-तार जी
झूलो आप झुलावे मोहन
गावे राग मल्हार जी

छटा छबीली बाग की जी
खिल रही केशर क्यार जी
चम्पा चमेली खिली केतकी
भँवर करत गुंजार जी

शिव सनकादिक अरु ब्रह्मादिक
कोई न पावे पार जी
'दास नारायण' शरण आपकी
कर ज्यो बेड़ा पार जी ॥

उमर बीती गोकुल में

श्यामा आप बसो वृन्दावन में
मेरी उमर बीत गई गोकुल में

श्यामा रस्ते में बाग लगा जाना
फूल बीनूँगी तेरी माला के लिए
तेरी बाट निहारूँ कुंजन में
मेरी उमर बीत गई गोकुल में

श्यामा रस्ते में कुआँ खुदवा जाना
नीर भरूँगी अकेले, कलश उठा जाना
तेरी बाट निहारूँ जंगल में
मेरी उमर बीत गई गोकुल में

श्यामा मुरली मधुर बजा जाना
मोहे आके दर्श दिखा जाना

तेरी सूरत बसी है अँखियन में
मेरी उमर बीत गई गोकुल में

श्यामा वृन्दावन में आ जाना
आकर के रास रचा जाना
तुझे ढूँढूँ गोकुल की गलियन में
मेरी उमर बीत गई गोकुल में

श्यामा माखन चुराने आ जाना
आकर के दही बिखरा जाना
प्रभु आप बसो मेरे मन में
मेरी उमर बीत गई गोकुल में ॥

श्याम बड़े निर्मोही

श्याम बड़े निर्मोही
कुंजन वन छोड़ गये रे ऊधो

जो मैं होती जल की मछरिया
श्याम करे अस्नान
चरण छू लेती रे ऊधो

जो मैं होती मोर की पँखिया
श्याम करे सिंगार
मुकुट बिच रहती रे ऊधो

जो मैं होती बाँस की बँसुरिया
श्याम चरावे गाय
अधर रस लेती रे ऊधो

जो मैं होती सीप का मोती
श्याम पिरोवे माला
लिपट गल रहती रे ऊधो

जो मैं होती खिरक की गइया
श्याम निकाले दूध
गागर भर देती रे ऊधो

चन्द्रसखी भज बालकृष्ण छवि
हरि चरणाँ चित लाती
जोगन बन रहती रे ऊधो ॥

जे तू होवे राधा प्यारी ते गोपाल होवाँ मैं (पंजाबी)

जे तू होवे राधा प्यारी
ते गोपाल होवाँ मैं
तू हरदम होवे श्यामा
तेरे नाल होवाँ मैं

होवे हरी-भरी जो मेहँदी
मैं बागाँ दे बिच रहन्दी
तू मेहँदी होवे श्यामा
रंग लाल होवाँ मैं

होवे जमुना जी दा पानी
होवाँ बिच तरेन्दी मछली
तू मछली होवे श्यामा
तेरा जाल होवाँ मैं

होवे दूध-दही दी मटकी
होवे कुंज गली बिच अटकी
तू हरदम खावें श्यामा
निहाल होवाँ मैं

होवे फागुन माह दी होली
होवे सब संगताँ दी टोली
तू मारे पिचकारी श्यामा
ते रँग लाल होवाँ मैं

होवे हरे-हरे बाँस दी बंसी
होवे होंठाँ दे उत्ते लगी
तू बंसी होवे श्यामा
ते तान होवाँ मैं
तू हरदम होवे श्यामा
तेरे नाल होवाँ मैं ॥

राधे-राधे रटो

राधे-राधे रटो
चले आयेंगे बिहारी
आयेंगे बिहारी
दौड़े आयेंगे बिहारी
राधे-राधे रटो

राधारानी चन्दा
तो चकोर हैं बिहारी
राधे-राधे रटो
चले आयेंगे बिहारी

राधारानी मिसरी
तो खाँड हैं बिहारी
राधे-राधे रटो
चले आयेंगे बिहारी

राधारानी गंगा
तो धारा हैं बिहारी
राधे-राधे जपो
चले आयेंगे बिहारी

राधारानी तन
तो प्राण हैं बिहारी
राधे-राधे रटो
चले आयेंगे बिहारी

राधारानी सागर
तो तरंग हैं बिहारी

राधे-राधे रटो
चले आयेंगे बिहारी

राधारानी मोहिनी
तो मोहन हैं बिहारी
राधे-राधे रटो
चले आयेंगे बिहारी

राधारानी गोरी-गोरी
साँवले बिहारी
राधे-राधे रटो
चले आयेंगे बिहारी

राधारानी भोली-भाली
तो चंचल हैं बिहारी
राधे-राधे रटो
चले आयेंगे बिहारी

राधारानी नथनी
तो कंगन हैं बिहारी
राधे-राधे रटो
चले आयेंगे बिहारी

राधारानी बंसरी
तो तान हैं बिहारी
राधे-राधे रटो
चले आयेंगे बिहारी!

बंसी की धुन सुन

तेरी बंसी की धुन सुनकर
मैं बरसाने से आई हूँ
तेरी बंसी की धुन

सुना है हमने मनमोहन
अजब बंसी बजाते हो
ओ सुन रसिया ओ मन बसिया
मैं बंसी साथ लाई हूँ

सुना है हमने मनमोहन
तुम माखन रम के खाते हो
ओ सुन रसिया ओ मन बसिया
मैं मटकी भर के लाई हूँ

सुना है हमने मनमोहन
रास अद्भुत रचाते हो
ओ सुन रसिया ओ मन बसिया
मैं सखियाँ साथ लाई हूँ

सुना है हमने मनमोहन
भगत वत्सल निराले हो
ओ सुन रसिया ओ मन बसिया
मैं सब कुछ छोड़ आई हूँ

सुना है हमने मनमोहन
छाछ पीकर थरराते हो
ओ सुन रसिया ओ मन बसिया
मैं छछिया भर के लाई हूँ ॥

दूल्हा बने ब्रजराज

आज दूल्हा बने हैं ब्रजराज
सखियो नाचो री, नाचो री
अरी गाओ री, गाओ

घर-घर बन्दनवार लगाओ
दीप जलाओ, घर को सजाओ
हे री तन-मन-धन देओ वार
सखियो नाचो री

ग्वाल बाल सब संग ले आओ
ताशे-ढोल-नगाड़े बजाओ
और गाओ मंगलाचार
सखियो गाओ री

मोतियन सेहरा शीश सुहावे
बनडा ठाकुर मन को भावे
इसकी लो नजर उतार
सखियो नाचो री

देख छवि इस नन्दलाला की
हर्षे सारी नभ मंडली
बरसावे पुष्प हजार
सखियो गाओ री
सखियो नाचो, गाओ!

दुल्हन श्यामसुन्दर की

आओ मेरी सखियो मेहँदी रचाओ री
मुझे श्यामसुन्दर की दुल्हन बनावो री

सतसंग में मेरी बात चलाई
सतगुरु ने मेरी कर दी सगाई
उनको बुला के हथलेवा तो कराओ री
मुझे श्यामसुन्दर की दुल्हन बनावो री

ऐसी पहनूँ चूड़ी जो कबहूँ ना टूटे
ऐसा वरूँ दूल्हा जो कबहूँ न छूटे
अटल सुहाग की बिंदिया लगाओ री
मुझे श्यामसुन्दर की दुल्हन बनावो री

ऐसी ओढ़ूँ चुनरी रंग नहीं छूटे
प्रीत का धागा कबहूँ न टूटे
आज मेरी मोतियों से माँग भराओ री
मुझे श्यामसुन्दर की दुल्हन बनावो री

भक्ति का सुरमा आँख में लगाऊँगी
दुनिया से नाता तोड़ उनकी हो जाऊँगी
सद्गुरु को बुलाके मेरे फेरे तो पड़वाओ री
मुझे श्यामसुन्दर की दुल्हन बनावो री

सद्गुरु को बुलाके मेरी डोली
तो सजवाओ री
सखियों को बुलाके मुझे विदा
तो करवाओ री
आओ मेरी सखियो मेहँदी रचाओ री
मुझे श्यामसुन्दर की दुल्हन बनावो री ॥

फूलों से सज रहे हैं

फूलों से सज रहे हैं, वृन्दा विपिन बिहारी।
और संग सज रही हैं, वृषभान की दुलारी।

फूलों का सोहे बँगला, फूलों की सेज प्यारी।
उसमें बिराजते हैं, राधारमण बिहारी।

शृंगार तेरा ऐसा, शोभा कही न जाय।
उत पै गुलाबी पटका, इत पै गुलाबी साड़ी।

नीलम-से सोहे मोहन, उज्ज्वल किरण-सी राधा।
उत नन्द जी का छोरा, इत भानु की दुलारी।

टेढ़ी है तेरी चितवन, हर इक अदा है बाँकी।
बाँके के बाँके नैना, मारे जिगर कटारी।

चुन-चुनके कलियाँ जिसने, बँगला तेरा बनाया।
आभूषणों से ऐसे, जिसने तुझे सजाया।
उन हाथों के मैं सदके, उन हाथों पे मैं वारी।

टेढ़ा सा मुकुट सर पर, रखा है इस अदा से।
करुणा बरस रही है, करुणा भरी निगाह से।
बिन मोल बिक रहे हैं, जब से छवि निहारी।

बइयाँ गले में डाले, जब दोनों मुसकराते।
सबको प्यारे लगते, सबके ही मन को भाते।
इन दोनों के मैं सदके, इन दोनों के मैं वारी।

फूले से सज रहे हैं, वृन्दा विपिन बिहारी।
और संग सज रही हैं, वृषभान की दुलारी ॥

मेरी बेटी की डोली चली

मेरी बेटी की डोली चली
मेरे बाँके बिहारी खयाल रखना
मेरी मुरझाये न ये कली
मेरे बाँके बिहारी खयाल रखना
मेरी बेटी की डोली चली ...

मैंने नैना के जल पखारे चरण
देवी कह-कहके इसके निहारे चरण
बड़े लाड़ों से है यह पली
मेरे बाँके बिहारी खयाल रखना
मेरी बेटी की डोली चली ...

मैंने बाँहों के झूले झुलाये इसे
मैंने बचपन के खेल खिलाये इसे
कर गई घर की सूनी गली
मेरे बाँके बिहारी खयाल रखना
मेरी बेटी की डोली चली ...

तेरे बाबुल ने सीने पैं पत्थर रखा
तुझे करके विदा मैं पिघलने लगा
तू तो बाबुल की है लाडली
मेरे बाँके बिहारी खयाल रखना
मेरी बेटी की डोली चली ॥

छायो नन्दभवन उजियार

छायो नन्दभवन उजियार
घर आई राधारानी
घर आई राधारानी, घर आई राधारानी
छायो नन्दभवन उजियार ...

दूल्हा श्री कुंज बिहारी
दुलहिन श्री भानु दुलारी
ऐसी जोड़ी पर बलिहार
घर आई राधारानी
छायो नन्दभवन उजियार

लेकर जमुना लाल की झारी
आई रलमिल सखियाँ सारी
अजी न्यौछावर होत अपार
घर आई राधारानी
छायो नन्दभवन उजियार

सखियाँ मिल सोहर गावें
श्यामा को लाड़ लड़ावें
सबके छायो हर्ष अपार
घर आई राधारानी
छायो नन्दभवन उजियार

यशोदा मुख निरखन आई
राधे मुख लेत छिपाई
लीन्ही गोद में बिठार
घर आई राधारानी
छायो नन्दभवन उजियार

मस्तक चूमयो नन्दरानी
राधे मेरी बहूरानी
मैया इक टक रही निहार
घर आई राधारानी
छायो नन्दभवन उजियार

ऋषि-मुनि सन्त पधारे
ब्राह्मण मिल मन्त्र उचारे
सब बोल रहे जय-जयकार
घर आई राधीरानी
छायो नन्दभवन उजियार
घर आई राधारानी ॥

बंसी बजदी सोनी लगदी (पंजाबी)

बंसी बजदी सोनी लगदी मैं बलिहार जाँदी आँ
मेरे कृष्ण लीता अवतार, खुल गए मथुरा दे दरबार
सुत्ते रह गये पहरेदार मैं बलिहार जाँदी आँ

कृष्णा टोकरे चे पाया, जमुना जल उछल के आया
श्रीकृष्ण ने चरण छुआया मैं बलिहार जाँदी आँ

कृष्णा देवकी दा जाया, माता यशोदा गोद खिलाया
गोप-गोपियन आनन्द मनाया, मैं बलिहार जाँदी आँ

कृष्ण आया साडी गली, चुन-चुन पावाँ फूलाँ दी कली
राधा रो-रो रो गई झल्ली मैं बलिहार जाँदी आँ

कृष्ण आया साडे वेडे, चुन चुन पावाँ फुलाँ दे सेहरे
राधा घड़ी-मुड़ी पावे फेरे, मैं बलिहार जाँदी आँ ॥

मीठे रस से भरयो (गुजराती)

मीठे रस से भरयो ड़ी
राधारानी लागे, महारानी लागे!
म्हाने खारो-खारो जमुना जी नो पानी लागे!

जमुनाजी तो काली-काली
राधा गोरी-गोरी
वृन्दावन में धूम मचावे
बरसाने की छोरी
ब्रजधाम राधा जू की रजधानी लागे
म्हाने खारो-खारो जमुना जी नो पानी लागे!

कान्हा नित मुरली में टेरे
सुमरे बारम्बार
कोटिन रूप धरयो मनमोहन
कबहुँ न पायो पार
रूप-रंग की छबीली
पटरानी लागे, पटरानी लागे
म्हाने खारो-खारो जमुना जी नो पानी लागे!

ना भावे म्हाने माखन-मिसरी
अब न कोई मिठाई
जिभड़ियो ने भावे अब
तो राधा नाम मलाई
वृषभान की लली
तो गुड़धानी लागे, गुड़धानी लागे
म्हाने खारो-खारो जमुना जी नो पानी लागे!

राधा-राधा नाम रटत है
जो नर आठों याम
तिनकी बाधा दूर करत हैं
राधा के घनश्याम
'राधा' नाम में सफल
जिन्दगानी लागे, जिन्दगानी लागे
म्हाने खारो-खारो जमुना जी नो पानी लागे!

अब भी समय बचा है बन्दे
राधा शरण में आजा
अपना यह हीरा-सा जीवन
वृथा नहीं गँवा जा
'चन्द्रपाल' थारी वाणी
म्हाने प्यारी लागे, म्हाने प्यारी लागे
म्हाने खारो-खारो जमुना जी नो पानी लागे!

कुंजन में साँवरिया

श्याम संग झूला झूले री
कुंजन में साँवरिया
कुंजन में साँवरिया
अरे, कुंजन में साँवरिया!

एक सलोना श्याम रंग
तो दूजी चाँदनियाँ
यूँ लागे श्याम संग
ज्यों बादर में चमके बिजुरिया

रिमझिम-रिमझिम बरखा बरसे
भीगी कामलिया
ऐसी संग में भीगी
प्यारी जू की धानी चुनरिया

झोटा देती सखी सयानी
ब्रज की गुजरिया
ऐसी वारी जावत लेत बलैया
नाचे कामनिया

झुमुक-झुमुक पग नूपुर बाजे
संग में पायलिया
ऐसी संग में बाजे
श्याम की मनहर बाँसुरिया

गुरु मंडल बलिहार छवि पे
मोय मोह लिया
युगल सुनो सरकार
चरण में राखो चाकरिया
श्यामा संग झूला झूले री
कुंजन में साँवरिया!

खेलत हैं सखी होरी

खेलत हैं सखी होरी, आज वृषभान-किशोरी
नन्दलाल संग, ग्वाल संग, झुंड की झुंड बटोरी
वृन्दावन की कुंज-गलिन में कैसी धूम मचो री
कन्हैया फाग रचो री, खेलत हैं सखी होरी

कंचन-कलश रंग केसर को, अबीर-गुलाल की झोरी
भरि मारत पिचकारी तकि-तकि श्यामा-श्याम की जोरी
जयति जय कृष्ण कहो री, खेलत हैं सखी होरी

लै-लै मुठिन गुलाल उड़ावत, माखन मलत है गोरी
बोलत बचन साँवरे प्रभु सों, काहे चीर हर्यो री?
कियो तुम माखन चोरी, खेलत हैं सखी होरी

बाजत ताल मृदंग तमूरा, ढोल झाँझ की जोरी
नाचत सब सखी रुनझुन-रुनझुन, गावत गीत सु-होरी
देखि मुख नयन लहो री, खेलत हैं सखी होरी!

खेलें होरी रे, खेलें होरी

बाबा नन्द के द्वार खेलें होरी, खेलें होरी रे खेलें होरी
कै मन लाल गुलाल मँगाई, कै गाड़ी केसर घोली
दस मन लाल गुलाल मँगायों, दस गाड़ी केसर घोली

कौन के हाथ कनक पिचकारी, कौन के हाथ रंग की पौरी
कृष्ण के हाथ कनक पिचकारी, मनसुखा हाथ रंग की पौरी
बाबा नन्द के द्वार खेलें होरी ...

कै री बरस के कुँवर कन्हैया, कै री बरस की राधा गोरी
पाँच बरस के कृष्ण कन्हैया, सात बरस की राधा गोरी
बाबा नन्द के द्वार खेलें होरी ...

घुटुअन कीच भई आँगन में, खेलो रंग जोरा-जोरी
चन्द्र सखी भज बाल कृष्ण छवि, बाबा नन्द खड़े पौरी
बाबा नन्द के द्वार खेलें होरी!

झूलत राधे नवल-किशोर

झूलत राधे नवल-किशोर!
जड़ितमणि दोऊ खम्बरचित
झोंके देत झकोर
झूलत राधे नवल-किशोर!

व्योम हरि शशी राधिका
सब सखियन उड़गन ओर
जरी की साड़ी अंग विराजत
लगी मोतियन कोर
झूलत राधे नवल-किशोर!

घेर घन घहरान बादल
घटा उमड़े घनघोर
पवन मन्द सुगन्ध डोलत
बरसे चहुँओर
झूलत राधे नवल-किशोर!

मुकुट सिर उत चन्द्रिका
इत श्याम उत तन गोर
मानहुँ घन तड़ित
चमकत देखत नाचत मोर
झूलत राधे नवल-किशोर!

ब्रह्मा शिव सनकादि नारद
करत जय-जय शोर
'विन्दादिन' की लाज राखो प्रभु!
माँगे यही कर जोर ...
झूलत राधे नवल-किशोर!

ये तो रसिकन की रजधानी

माया काल न रहत वृन्दावन
ये तो रसिकन की रजधानी
चार पदारथ करत मँजूरी
और मुक्ति भरे जहाँ पानी
ऐसो है हमारो प्यारो वृन्दावन धाम

करम-धरम प्रेम देवरी
हर्षा ये ब्रह्मज्ञानी
घर-घर प्रेमभक्ति की महिमा
सहचरी व्यास बखानी
ऐसो है हमारो प्यारो वृन्दावन धाम

इसकी विमल नव-निकुंज में
नित विहरे ब्रज मोहन
इस जग काल से
डरे हुओं का
ये है शान्ति-निकेतन
ऐसो है हमारो प्यारो वृन्दावन धाम

इसके धाम-धाम में होता
नित हरि का संकीर्तन
हरे कृष्ण का जीवन
ऐसो है हमारो प्यारो वृन्दावन धाम!

प्यारो लागे श्री वृन्दावन धाम

श्री वृन्दावन धाम प्यारो लागे
श्री वृन्दावन धाम प्यारो

एक सुन्दर जोड़ी
खेलत तहाँ-जहाँ वंशीवट
नन्द-नन्दन वृषभानु किशोरी

भुवन चतुर्दश की सुन्दरता
सुन्दर शाम, राधिका गोरी
छवि 'श्री भट्ट' कहाँ तक बरनउँ
रसना एक न लाख करोड़ी

वृन्दावन का वास भला
जहाँ पास बहे यमुना पटरानी
जो जन नहाय के ध्यान धरै
बैकुंठ मिले तिनको रजधानी

चारहुँ वेद बखान करें
और सन्त-मुनी गुणी मनमानी
यमुना यमदूतन टारत है
भव टारत है श्री राधिका रानी

श्री वृन्दावन धाम प्यारो लागे
श्री वृन्दावन धाम प्यारो!

रटे जा राधे-राधे

श्री वृन्दावन धाम अपार
रटे जा राधे-राधे, रटे जा राधे-राधे
रटे जा राधे-राधे, भजे जा राधे-राधे

वृन्दावन गलियाँ डोले, श्री राधे-राधे बोले
वाको जन्म सफल हो जाये, रटे जा राधे-राधे

या ब्रज की रज सुन्दर, है देवन को भी दुर्लभ
मुक्ता रज शीश चढ़ाये, रटे जा राधे-राधे

ये वृन्दावन की लीला, नहिं जाने गुरु या चेला
ऋषि-मुनि गये सब हार, रटे जा राधे-राधे

वृन्दावन रास रचायो, शिव गोपी रूप बनायो
सब देवन करे विचार, रटे जा राधे-राधे

जो राधे-राधे रटतो, दुख जन्म-जन्म को कटतो
तेरा बेड़ा होतो पार, रटे जा राधे-राधे

जो राधे-राधे गावे, सो प्रेम पदारथ पावे
वो भवसागर होवे पार, रटे जा राधे-राधे

जो राधे नाम न गायो, सो वृथा जन्म गँवायो
वाको जीवन है धिक्कार, रटे जा राधे-राधे

जो राधा जन्म न होतो, रसराज विचारो रोतो
होतो न कृष्ण अवतार, रटे जा राधे-राधे

मन्दिर की शोभा न्यारी, यामे राजत राजदुलारी
ड्योढ़ी पर ब्रह्मा राजे, रटे जा राधे-राधे ॥

जय राधा माधव, जय कुंजबिहारी

जय राधा माधव, जय कुंजबिहारी
जय गोपी माधव जन वल्लभ, जय गिरवरधारी

मुरली मनोहर करुणा सागर, जय गोवर्धनधारी
जय राधा माधव, जय कुंजबिहारी

यशोदा नन्दन जय ब्रज जन रंजन
यमुना तीर बनवारी
जय राधा माधव, जय कुंजबिहारी

त्रिभुवन मोहन, पतित उधारन
जय-जय रासबिहारी
जय राधा माधव, जय कुंजबिहारी

सब सुख सागर, सब गुण आगर
जय माधव बनवारी
जय राधा माधव, जय कुंजबिहारी ॥

रंग बरसे, गुलाल बरसे

राधारानी हमारी पे–
रंग बरसे !
रंग बरसे, गुलाल बरसे
राधारानी हमारी पे रंग बरसे

बरसाने में जनम भयो है
आनन्द मंगल खूब रह्यो है
दरसन को अखिया तरसे
राधारानी हमारी पे रंग बरसे

भर-भर थाली सखियाँ लाई
कीरत जू को देने बधाई
धन्य राधा के जो पद परसे
राधारानी हमारी पे रंग बरसे

नन्द लला वृषभानु किशोरी
दीखी अविचल सुन्दर जोड़ी
देख-देख सुर-नर हरषे
राधारानी हमारी पे रंग बरसे

ब्रजभूमि में जनम जो पावे
युगल चरण सो ध्यान लगावे
धन्यभाग ब्रज रज परसे
राधारानी हमारी पे रंग बरसे ॥

मोरी अँखियाँ प्यासी रे

दर्शन दो घनश्याम
नाथ मोरी अँखियाँ प्यासी रे

मन्दिर-मन्दिर मूरत तेरी
फिर भी न दीखे सूरत तेरी
युग बीते ना आई
मिलन की पूरनमासी रे

दर्शन दो घनश्याम
नाथ मोरी अँखिया प्यासी रे

पानी पीकर प्यास बुझाऊँ
नैनन को कैसे समझाऊँ
आँख-मिचौली छोड़ो
अब तो घट-घट वासी रे

दर्शन दो घनश्याम
नाथ मोरी अँखियाँ प्यासी रे ॥

बन्द हृदय के पट खोल

मुकुन्द माधव गोविन्द बोल
श्री हरि, श्री हरि, श्री हरि बोल

रमा रमापति राघव बोल
परमानन्द परम पद डोल
श्री हरि, श्री हरि, श्री हरि बोल

ज्योति अनन्ता श्री हरि बोल
आलोकित अन्तर पट खोल
श्री हरि, श्री हरि, श्री हरि बोल

जीवन क्रम में हरि रस घोल
स्वाँस समर्पित श्री हरि बोल
श्री हरि, श्री हरि, श्री हरि बोल

तरु-पल्लवमय श्री हरि बोल
कलकल निर्झर जल अनमोल
श्री हरि, श्री हरि, श्री हरि बोल

अनल पवन-मय श्री हरि बोल
गगन-धरा श्री हरि संग डोल
श्री हरि, श्री हरि, श्री हरि बोल

बन्द हृदय के सब पट खोल
कर्म समर्पित कर हरि बोल
श्री हरि, श्री हरि, श्री हरि बोल
मुकुन्द माधव गोविन्द बोल ॥

ओ निष्ठुर पुजारी

ओ निष्ठुर पुजारी–
पट ना लगा
जी भर दर्शन कर लेने दे
उनकी शोभा का विमल चित्र
मन-मन्दिर में रख लेने दे

कहते हैं इनके दर्शन से
आजन्म पाप कट जाते हैं
दर्शन करके मुझे एक बार
सब पापों को धो लेने दे

तुम क्या जानो, तुम क्या समझो
इन विमल हृदय के भावों को
कुछ प्रेम आँसुओं के जल से
इन चरणों को धो लेने दे
ओ निष्ठुर पुजारी ...

फिर लौट यहाँ आने का कभी
सौभाग्य मिले न मिले मुझको
सिर धर झुककर मुझे एक बार
जी भर के रो लेने दे
ओ निष्ठुर पुजारी ...

ये दास तुम्हारे द्वारे आ
अब लौट रहा बिन दर्शन के
ओ निष्ठुर पुजारी ...
जी भर तू दर्शन कर लेने दे ॥

पाई प्रेमजुत अमिय पदारथ

बिदुर घर स्याम पाहुने आये
नखसिख रुचिर रूप मनमोहन, कोटि मदन छबि छायो।

बिदुर न हुते घरहिं में तेहि छिन, स्याम पुकारन लागे।
बिदुर घरनि नहाति उठि धाई, नैन प्रेमरस पागे।

भूलि बसन नहाति रही जेहि थल, तनु सुधि सकल भुलाई।
बोलति अटपट बचन प्रेमबस, कदरी-फल ले आई।

छीलत डारत गूदो इत-उत, छिलका स्याम खवावै।
बारहिं-बार स्वाद कहि कहि हरि, प्रमुदित भोग लगावै।

तनिक बेर महँ हरि गुन गावत, बिदुर घरहिं जब आये।
देखि दरस को कहत, अहह! तैं छिलका स्याम खवाये।

कर तें केरा झटकि बिदुर, घरनी घर माहिं पठाई।
तन सुधि पाई सलाज ससंकित, बसन पहरि चलि आई।

बिदुर प्रेमजुत छीलि छीलि कै, केरा हरिहिं खवावे।
कहत स्याम वहि सरस मनोहर, स्वाद न इन महँ आवे।

भूखो सदा प्रेम को डोलूँ, भगत-जनन गृह जाऊँ।
पाई प्रेमजुत अमिय पदारथ, खात न कबहुँ अघाऊँ।

ना मैं मीरा ना मैं राधा

ना मैं मीरा ना मैं राधा
फिर भी श्याम को पाना है
पास मेरे तो कुछ भी नहीं है
केवल प्रेम चढ़ाना है
ना मैं मीरा ना मैं राधा ...

जब से तेरी सूरत देखी
तुझ में प्रेम की मूरत देखी
अपना तुझे बनाना है
ना मैं मीरा ना मैं राधा ...

और किसी को मैं क्या जानूँ
अपनी लगन को सब कुछ मानूँ
दिल का दर्द सुनाना है
ना मैं मीरा ना मैं राधा ...

जन्म-जन्म से भटकी प्रियतम
युग-युग से मैं भटकी प्रियतम
अब ना मुझे भुलाना है
ना मैं मीरा ना मैं राधा ...

दासी तेरी शरण में आई
लगन मिलन की दिल में लगाई
ज्योति में ज्योति मिलाना है
ना मैं मीरा ना मैं राधा ॥

तेरी पार करैगो नैया

तेरी पार करैगो नैया
भज मन कृष्ण-कन्हैया
निस दिन भज गोपाल प्यारे
मोर मुकुट पीताम्बर बारे
भक्तों के रखवैया
भज मन कृष्ण-कन्हैया

स्वाँस-स्वाँस भज नन्ददुलारे
वो ही बिगड़े काज सँवारे
नटवर चतुर रिझैया
भज मन कृष्ण-कन्हैया

ग्वाल-बाल संग धेनु चरावे
लूट-लूट दधि-माखन खावे
काली नाग नथैया
भज मन कृष्ण-कन्हैया

भक्त सुदामा चावल लाये
गले लगाकर भोग लगाये
कहकर भैया-भैया
भज मन कृष्ण-कन्हैया

नरसी जी ने टेर लगाई
साँवलशाह नहीं देर लगाई
ऐसे भात भरैया
भज मन कृष्ण-कन्हैया

अबला को दे शरण न कोई
भरी सभा में द्रौपदी रोई
पहुँचे चीर बढ़ैया
भज मन कृष्ण-कन्हैया

वन में एक शिला थी भारी
चरण छुवाय अहल्या तारी
ऐसे स्वर्ग पठैया
भज मन कृष्ण-कन्हैया

दीनानाथ सर्व हितकारी
संकट-मोचन कृष्ण मुरारी
जन का पत रखवैया
भज मन कृष्ण-कन्हैया ॥

बंसी की तान

सुना दे, सुना दे, सुना दे कृष्णा
बंसी की तान सुना दे, कृष्णा!

श्याम तेरी बंसी पे वारी-वारी जाऊँ रे
नन्द जी के लाला तोहे विनती सुनाऊँ रे
पिला दे, पिला दे, पिला दे कृष्णा
तेरी गउओं का दूध पिला दे, कृष्णा!

बाँके बिहारी, तेरी छवि मन भाई रे
दाऊजी के भैया, काहे सुध बिसराई रे
खिला दे, खिला दे, खिला दे कृष्णा
तेरी माखन-मिसरी खिला दे, कृष्णा!

प्रीतड़ी निभा जा छलिया साँवरे कन्हाई हो
आ जा मेरे श्याम, तोहे नन्द की दुहाई हो
बजा दे, बजा दे, बजा दे कृष्णा
मीठी-मीठी मुरली बजा दे, कृष्णा!

राधे कृष्णा राधे कृष्णा राधे कृष्णा
वृन्दावन मुकुट है तो राधा प्यारी गहना
बुला ले, बुला ले, बुला ले कृष्णा
वृन्दावन धाम दिखा दे, कृष्णा!

सुना दे, सुना दे, सुना दे कृष्णा
बंसी की तान सुना दे, कृष्णा ॥

आये बाल मित्र सुदामा

अरे द्वारपालो कन्हैया से कह दो
कि दर पे सुदामा गरीब आ गया है
भटकते-भकटते न जाने कहाँ से
तुम्हारे महल के करीब आ गया है
अरे द्वारपालो कन्हैया से ...

न सिर पे है पगड़ी
न तन पे है जामा
बता दो कन्हैया को
नाम है सुदामा
तुम एक बार
मोहन से जा करके कह दो
कि मिलने सखा बदनसीब आ गया है
अरे द्वारपालो कन्हैया से ...

सुनते ही दौड़े चले आये मोहन
लगाया गले से सुदामा को मोहन
हुआ रुक्मिणी को बहुत ही अचम्भा
ये मेहमान कैसा अजीब आ गया है
अरे द्वारपालो कन्हैया से ...

बराबर में अपने सुदामा बिठाये
चरण आसुँओं से श्याम ने धुलाये
न घबरांओ प्यारे जरा तुम सुदामा
खुशी का समा तेरे करीब आ गया है
अरे द्वारपालो कन्हैया से ...

बालपन सखा

मेरे बालपन के मित्र
सुदामा, कैसे आये

तुम लाओ रुक्मिणी पानी
भैया के चरण धुलाओ
चरण धो रहे भगवान
सुदामा, कैसे आये

भगवान चरणों को धोयें
और काँटे देख-देख रोयें
काँटे चुभ गये बेशुमार
सुदामा, कैसे आये

रुक्मिणी ने थाल सजाया
और खाये सुदामा भाई
पंखी झल रहे भगवान
सुदामा, कैसे आये

रुकमणि ने सेज सजाई
और सोयें सुदामा भाई
चरण दबा रहे भगवान
सुदामा, कैसे आये

जब पोटली दी दिखाई
भगवान ने झट खिसकाई
और फंकी लीनी मार
सुदामा, कैसे आये

ऊपर से रुक्मिणी आई
और पकड़ ली कलाई
तुम तीन लोक के नाथ
सुदामा, कैसे आये ॥

मेरे बालपन के मित्र
सुदामा, कैसे आये ॥

गोविन्द जय-जय, गोपाल जय-जय

गोविन्द जय-जय गोपाल जय-जय
राधारमण हरि गोविन्द जय-जय।

ऊधव की जय-जय माधव की जय-जय
दशरथ के लाल चारों भइयों की जय-जय।

ब्रह्मा की जय-जय, विष्णु की जय-जय
उमापती भोले शंकर की जय-जय।

राधा की जय-जय, रुकमणि की जय-जय
मोर मुकुट बंसी वाले की जय-जय।

गंगा की जय-जय, यमुना की जय-जय
बद्री विशाल चारों धामों की जय-जय।

गोविन्द जय-जय, गोपाल की जय-जय
राधारमण हरि गोविन्द जय-जय ॥

नटवर नागर नन्दा

नटवर नागर नन्दा
भजो रे मन गोविन्दा
श्याम सुन्दर मुख चन्दा
भजो रे मन गोविन्दा

तू ही नटवर तू ही नागर
तू ही बाल मुकुन्दा
भजो रे मन गोविन्दा

सब देवन में कृष्ण जी बड़े हैं
ज्यूँ तारों विच चन्दा
भजो रे मन गोविन्दा

सब सखियन में राधा जी बड़ी हैं
ज्यूँ नदियन में गंगा
भजो रे मन गोविन्दा

ध्रुव तारे प्रह्लाद उबारे
नरसिंह रूप धरन्ता
भजो रे मन गोविन्दा

काली दाह में नाग ज्यूँ नाथ्यो
फण-फण निरत करन्ता
भजो रे मन गोविन्दा

वृन्दावन में रास रचायो
नाचत बाल मुकुन्दा
भजो रे मन गोविन्दा

मीरा के प्रभु गिरधर नागर
काटो जम के फन्दा
भजो रे मन गोविन्दा ॥

चाहे कृष्ण कहो या राम

जग में सुन्दर हैं दो नाम
चाहे कृष्ण कहो या राम
जग में सुन्दर हैं दो नाम
चाहे कृष्ण कहो या राम

एक हृदय में प्रेम बढ़ावे
एक ताप सन्ताप मिटावे
दोनों सुख के सागर हैं
दोनों करें पूर्ण काम
जग में सुन्दर हैं दो नाम
चाहे कृष्ण कहो या राम

माखन ब्रज में एक चुरावे
एक बेर भिलनी के खावे
प्रेम-भाव के भरे अनोखे
दोनों के हैं काम
जग में सुन्दर हैं दो नाम

एक पापी कंस संहारे
एक दुष्ट रावण को मारे
दोनों दीन के दुख हर्ता हैं
दोनों बल के धाम
जग में सुन्दर हैं दो नाम

एक राधिका के संग राजे
एक जानकी संग विराजे
चाहे सीताराम कहो
चाहे राधेश्याम ॥

घूँघट के पट ना खोले रे

राधा ना बोले ना बोले ना बोले रे
घूँघट के पट ना खोले रे

राधा की लाज-भरी अँखियों के डोरे
देखो जी देखें सब गोकुल के छोरे
देखो मोहन का मनवा डोले रे
राधा ना बोले ना बोले ना बोले रे

याद करो यमुना किनारे साँवरिया
फोड़ी थी राधा की काहे गागरिया
इस कारण न तुम संग बोले रे
राधा ना बोले ना बोले ना बोले रे

रूठी हुई यूँ न मानेगी छलिया
चरणों में राधा के रख दो मुरलिया
बात बन जायेगी हौले-हौले रे
राधा ना बोले ना बोले ना बोले रे ॥

राधा का नाम अनमोल

राधा का नाम अनमोल, बोलो राधे-राधे
ब्रह्मा जी बोलें राधे, विष्णु जी बोलें राधे
शंकर के डमरू से आवाज आई राधे-राधे

श्रीराम जी बोलें राधे, श्री सीता जी बोलें राधे
हनुमत की गदा से आवाज आई राधे-राधे

गोप भी बोलें राधे, ग्वाले भी बोलें राधे
श्याम की बंसी से आवाज आई राधे-राधे

गउएँ भी बोलें राधे, बछड़े भी बोलें राधे
दूध की धारा से आवाज आई राधे-राधे

बादल भी गरजें राधे, बिजली भी कड़के राधे
वर्षा की बूँदों से आवाज आई राधे-राधे

बरसाने में राधे-राधे, वृन्दावन में भी राधे-राधे
यमुना की लहरों से आवाज आई राधे-राधे

ढोलक भी बोले राधे, मंजीरे भी बोलें राधे
भक्तों की ताली से आवाज आई राधे-राधे ॥

ब्रज की गलियन में

मैं तो रटूँ राधे-राधे
ब्रज की गलियन में
मैं तो खोई रहूँ आठों याम
ब्रज की गलियन में
मैं तो रटूँ ...

इत-उत डोलूँ कह-कह राधा
कट जाए मेरे जीवन की बाधा
और मिल जाएँ घनश्याम
ब्रज की गलियन में
मैं तो रटूँ ...

उलझ-उलझ जाऊँ ब्रज कुंजन में
सेवा कुंज में और निधि वन में
हो जाए जीवन की शाम
ब्रज की गलियन में
मैं तो रटूँ ...

अब तो चाह यही मेरे मन की
धूल मिले मुझे श्री चरनन की
और तज दूँ तन से प्राण
ब्रज की गलियन में
मैं तो रटूँ राधे-राधे
ब्रज की गलियन में ॥

श्याम तेरी बाँसुरिया

सुन्दर है अनमोल
श्याम तेरी बाँसुरिया
बोलत मीठे बोल
श्याम तेरी बाँसुरिया

गोकुल में जब बंसी बजाई
सब सखियन की सुध बिसराई
अन्तर पट दिए खोल
श्याम तेरी बाँसुरिया
सुन्दर है अनमोल ...

प्राणिमात्र को प्रेम सिखाया
प्रभु मिलन की राह बतायी
दिया प्रेम रस घोल
श्याम तेरी बाँसुरिया
सुन्दर है अनमोल ...

सुदामा ब्राह्मण दीन दुखारी
द्वारका पहुँचा शरण तुम्हारी
प्रेम का पंथ टटोल
श्याम तेरी बाँसुरिया
सुन्दर है अनमोल ...

मुरली की धुन यही सिखाए
प्रेम, ज्ञान, सन्मार्ग दिखाए
हो मत डाँवाँडोल
श्याम तेरी बाँसुरिया
सुन्दर है अनमोल ...!

मुरलिया की धुन

हरि चरणों में लागा मेरा ध्यान
मुरलिया की धुन सुनके
श्याम चरणों में लागा मेरा ध्यान
मुरलिया की धुन सुनके

ब्रह्मा ने छोड़ा सृष्टि रचाना
सृष्टि रचाना ...
शिव शंकर ने छोड़ा कैलाश
मुरलिया की धुन सुनके
हरि चरणों में लागा मेरा ध्यान ...

ग्वाले तो भूले गउएँ चराना
गउएँ चराना
गउओं ने छोड़ी हरी घास
मुरलिया की धुन सुनके
हरि चरणों में लागा मेरा ध्यान ...

भक्तों ने छोड़ा माला जपना
माला जपना ...
सखियों ने छोड़ा घर का काम
मुरलिया की धुन सुनके
हरि चरणों में लागा मेरा ध्यान ...

राधा ने छोड़ा सखियों से मिलना
सखियों से मिलना ...
परियों ने छोड़ा आकाश
मुरलिया की धुन सुनके
हरि चरणों में लागा मेरा ध्यान ...

राजा ने छोड़ा महलों में रहना
महलों में रहना ...
रानी ने छोड़ा रनिवास
मुरलिया की धुन सुनके
हरि चरणों में लागा मेरा ध्यान ॥

पैराँ दे घुँघरू खड़के (पंजाबी)

उठके सबेरे तड़के, पैराँ दे घुँघरू खड़के
कि राधारानी पानी नूँ चली

कृष्ण जी कहन्दे बलराम नूँ हँसके
जाओ बलराम जरा यमुना ते नसके
राधा लै जाए ना पानी भरके
पैराँ दे घुँघरू खड़के
कि राधारानी पानी नूँ चली

यमुना दा जल असाँ भरन न देणा
राधा नूँ पनघट वड़न न देणा
कृष्ण खलोता अगे अड़के
पैराँ दे घुँघरू खड़के
कि राधारानी पानी नूँ चली

चलो सइयो नी यशोदा कोल चलिए
नन्द बाबे दा जाके बुआ मलिए
मैया, क्यों न रखिया तूँ एनूँ फड़के
पैराँ दे घुँघरू खड़के
कि राधारानी पानी नूँ चली

कृष्ण ताँ कहन्दा अपनी माँ नूँ समझाके
मारी ना एनाँ दियाँ गलाँ विच आके
एताँ गल्लाँ करन मनों घड़के
पैराँ दे घुँघरू खड़के
कि राधारानी पानी नूँ चली

उठके सबेरे तड़के, पैराँ दे घुँघरू खड़के
कि राधारानी पानी नूँ चली ॥

बंसी नूँ लवादे घुँघरू (पंजाबी)

नाल नचांगी बराबर तेरे, बंसी नूँ लवादे घुँघरू
नथनी जड़ाऊँ पाके, तेरे द्वारे आवाँगी
दिल दियाँ सारियाँ कहानियाँ सुनावाँगी
नाले छुआँगी चरण आके तेरे
बंसी नूँ लवादे घुँघरू

दुनिया मैं वेख लई ठोक-बजाके
भुल गई ऐंवें मैं बखेड़े गल पाके
हुण छड़ आई जग दे बखेड़े
बंसी नूँ लवादे घुँघरू

जग नाल नचीआँ मैं अज तक हाणियाँ
की की सुनावाँ तेनूँ दिल दे या जाणियाँ
कानूँ तेरे बिना बीते दिन मेरे
बंसी नूँ लवादे घुँघरू

हुण सारी दुनिया दा डर सिरों लै गया
दुनिया नूँ छड़ तैनूँ अपना बना लेया
हुण पावाँगी तेरे वल फेरे
बंसी नूँ लवादे घुँघरू

तेरे नाल नचदी ना थकाँ नन्दलाल वे
मेरे नाल नचके तूँ वेख गोपाल वे
फिर वेख नवें जलवे मेरे
बंसी नूँ लवादे घुँघरू
नाल नाचंगी बराबर तेरे
बंसी नूँ लवादे घुँघरू ॥

मोहे मोर ही बनाओ

मोर ही बनाओ
तो बनाओ मोहे वृन्दावन को
नाच-नाच, कूद-कूद
तुम्हीं को रिझाऊँगो

बन्दर ही बनाओ
तो बनाओ मोहे वृन्दावन को
कूद-कूद, फाँद वृक्ष
राधे-राधे गाऊँगो

भिक्षुक बनाओ
तो बनाओ मुझे ब्रज-मंडल को
माँग-माँग झूठ
इन रसिकन की खाऊँगो

रसिक बनाओ
तो बनाओ मुझे वृन्दावन को
बैठे-बैठे कुंजन में
श्री राधे-राधे गाऊँगो ॥

नाम लेते हुए तेरा

नाम लेते तेरा गोविन्द
मुझे होता बहुत आनन्द

तू शक्ति-रूप शब्दों में
तू अर्थ मधुर गीतों में
तू भाव-रूप सब उर में
तू पुष्पों में सुगन्ध
नाम लेते तेरा ...

तू सुर में है संगीत
तू प्रेमीजन की प्रीत
तू सब दिल में है उमंग
तू अनादि है और अनन्त
नाम लेते तेरा ...

तू तेज-रूप सविता में
शीतलता चन्द्र-किरण में
चंचल बन कर वायु में
उछले तू जलाब्धि तरंग
नाम लेते तेरा ...

तू स्नेह-स्वरूप सीता में
तू ज्ञान बना गीता में
तू सत्यरूप रघुनन्द
तू प्रेम-स्वरूप मुकुन्द
नाम लेते तेरा ...

तू गुप्त बसे इस जग में
छिप गया तू निज सर्जन में
बसता है तू कण-कण में
रँगा है सकल तव रंग
नाम लेते तेरा गोविन्द
मुझे आवे है आनन्द ॥

चरण स्तुति श्रीराधे

मेरे तो आधार हैं, श्रीराधा के चरणारविन्द।
मेरे जीवन प्राण हैं, श्रीराधा के चरणारविन्द।

नित्य किशोरी श्रीराधे, श्यामा गोरी श्रीराधे।
जय राधे, जय राधे-राधे, जय राधे जय श्री राधे।

भानु-दुलारी श्री राधे, कीरती-कुमारी श्रीराधे।
जय राधे, जय राधे-राधे जय राधे जय श्रीराधे ॥

अति सुकुमारी श्रीराधे, कृष्ण पियारी श्रीराधे।
जय राधे, जय राधे-राधे, जय राधे जय श्रीराधे।

अति अलबेली श्रीराधे, छैल-छबीली श्रीराधे।
जय राधे, जय राधे-राधे, जय राधे, जय श्रीराधे ॥

निश्चेनो महल (गुजराती)

सतसंग देशमाँ भक्ति लगर छे रे
प्रेमनी पोल पूछी जाओ रे
व्रेहे ताप पोलीआने मली मोहोले पसजो रे
सेवा सीड़ी चढ़ी ज भेलाँ थाजो रे।

दीनता पात्रमाँ मनमणि मूकी ने
भेट भगवन्तजी ने कराजो रे
हुं भाव पुं भाव नोछावर करीने
श्री गिरिधरवर तभो वरजो रे ॥

('सतसंग' नाम के देश में 'भक्ति' नाम का नगर है। उसमें जाकर 'प्रेम' की गली पूछना। विरह-ताप-रूपी पहरेदार से मिलकर महल में घुसना और सेवारूपी सीढ़ी पर चढ़कर समीप पहुँच जाना। फिर दीनता के पात्र में अपने मन की मणि को रखकर उसे भगवान को भेंट चढ़ा देना। अहंकार तथा घमंड के भावों को न्योछावर कर तुम श्रीकृष्ण का वरण करना।)

श्री मधुराष्टकम्

अधरं मधुरं वदनं मधुरं, नयनं मधुरं हसितं मधुरं।
हृदयं मधुरं गमनं मधुरं मधुराधिपतेरखिलं मधुरम्।

वचनं मधुरं चरितं मधुरं, वसनं मधुरं वलितं मधुरं।
चलितं मधुरं भ्रमितं मधुरं, मधुराधिपतेरखिलं मधुरम्।

वेणुर्मधुरो रेणुर्मधुरः पाणिर्मधुरः पादो मधुरौ।
नृत्यं मधुरं सख्यं मधुरं मधुराधिपतेरिखलं मधुरम्।

गीतं मधुरं पीतं मधुरं, भुक्तं मधुरं सुप्तं मधुरम।
रूपं मधुरं तिलकं मधुरं, मधुराधिपतेरखिलं मधुरम्।

करणं मधुरं तरणं मधुरं, हरणं मधुरं रमणं मधुरम्।
वमितं मधुरं शमितं मधुरं, मधुराधिपतेरखिलं मधुरम्।

गुंजा मधुरा माला मधुरा, यमुना मधुरा वीची मधुरा।
सलिलं मधुरं कमलं मधुरं, मधुराधिपतेरखिलं मधुरम्।

गोपी मधुरा लीला मधुरा, युक्तं मधुरं मुक्तं मधुरम्।
दृष्टं मधुरं, शिष्टं मधुरं, मधुराधिपतेरखिलं मधुरम्।

गोपा मधुरा गावो मधुरा, यष्टिर्मधुरा सृष्टिर्मधुरा।
दलितं मधुरं फलितं मधुरं, मधुराधिपतेरखिलं मधुरम् ॥

(इति श्रीमद बल्लभाचार्यकृतं मधुराष्टकम् सम्पूर्ण)

भूलूँ न नाम तिहारा

गोविन्द मेरी यही प्रार्थना है कि
भूलूँ न मैं नाम कभी भी तिहारा
उठत-बैठत सोवत-जागत
सदा मुख से निकले यही नाम प्यारा

निष्काम होकर मैं दिन-रात गाऊँ—
श्री कृष्ण दामोदर माधवेति
हे कृष्ण हे यादव हे सखेति ...

हो जंगल में डेरे या महलों में राखो
मिलें छप्पन भोग या भूखे ही राखो,
सदा मीठा लागे ये नाम तिहारा

सुख में या दुख में जैसे भी राखो
सदा नाम जपती रहूँ मैं तुम्हारा
तेरे नाम का ही हो मुझको सहारा

दुखियों की सेवा ही हो मेरी भक्ति
न चाहूँ कभी भी कोई और मुक्ति
हर दुखिया में देखूँ मैं रूप तिहारा

करूँ काम चाहे जो भी इस तन से
मगर नाम जपती रहूँ मैं मन से
तेरे नाम का ही हो केवल सहारा

मुझे वृक्षों जैसी सहनशीलता देना
जो पत्थर भी मारे उसे फल ही दूँ मैं
न हो जग में कोई शत्रु हमारा

मिटा दो प्रभु जी मेरी मैं को इतना
कि समझूँ मैं अपने को तिनके से हल्का
तेरे नाम का ही हो मुझको सहारा

जिधर भी देखूँ तुमको ही पाऊँ
तेरे नाम के ही सदा गुण मैं गाऊँ
तेरे नाम का ही हो केवल सहारा

देहान्त काले तुम्हीं सामने हो
मुरली बजावे मन को लुभावे
यही नाम लेते मैं नाथ तन त्यागूँ

दासी की तुमसे विनती यही है
राखो सदा मुझे चरणों में अपने
वो सच्चा है साथी, उसी को पुकारो–

श्री कृष्ण दामोदर माधवेति
हे कृष्ण, हे यादव, हे सखेति!

तृतीय परिक्रमा

अम्बिका भजन

तू ही दुर्गा
तू ही भवानी
तू जननी
तू जग कल्याणी!

चलें माँ के द्वारे

चलो भक्तो चलें
माँ के द्वारे
चलो भक्तो ...
ऊँचे पर्वत भवन मैया का
वहाँ के अजब नजारे
चलो भक्तो चलें

पहला दर्शन वाण-गंगा है
चरण-पादुका दूजा
कठिन चढ़ाई कट जायेगी
छोड़ ध्यान तू दूजा
राह दिखाते हैं भक्तों को
गंगा के ए धारे
चलो भक्तो चलें
माँ के द्वारे

जय-जय शेराँ वाली माँ
जय-जय लाटाँ वाली माँ

आद कवारी मन्दिर में है
गर्भ जून इक न्यारी
अंग संग तेरे वैष्णो माता
तू हिम्मत क्यों हारी
देख चढ़ाई तू क्यों डोले
बोले माँ के जयकारे
चलो भक्तो चलें
माँ के द्वारे

जय-जय शेराँ वाली माँ
जय-जय लाटाँ वाली माँ

हाथी मथा कठिन है मंजिल
भगतों ना घबराना रे
जय माता की बोल-बोल के
आगे कदम बढ़ाना रे
पर्वत का हर पत्थर करता
तुमको यही इशारे
चलो भक्तो चलें
माँ के द्वारे

जय-जय शेराँ वाली माँ
जय-जय लाटाँ वाली माँ

बाग मैया के कोयल बोले
भवन रंगीला आया
सुन्दर गुफा में बैठी मैया
पिंडी रूप बनाया
बड़े-बड़े हंकारी राजा
इसमें यही पुकारें
चलो भक्तो चलें
माँ के द्वारे

जय-जय शेराँ वाली माँ
जय-जय लाटाँ वाली माँ ॥

बड़ी दूर है तेरा भवन

ऊँची-नीची घाटी
तेरा भवन बड़ी दूर है
आना तेरे दर पे
माँ मैंने जरूर है

सिर पे धरी है मेरे पापों की गठरिया
कैसे आऊँ द्वार पे मैं भूली हूँ डगरिया
माफ करना मैया जी मेरा जो कसूर है

कोई नहीं संगी-साथी दुनिया में प्यार का
पत्थरों से पूछा मैया राह तेरे द्वार का
माफ करना दाती जी मेरा जो कसूर है

आन बसो मैया मेरी सूनी-सूनी राहों में
कर दो उजाला मेरी सूनी-सूनी राहों में
माफ करना मैया जी मेरा जो कसूर है ॥

सितारों से ऊँचा

सितारों से ऊँचा माँ तेरा भवन
यहाँ आके झुकते हैं धरती गगन
सितारों से ऊँचा माँ तेरा भवन

तेरे दर पे आ के झुकी हैं बहारें
सितारों ने बाँधी है लम्बी कतारें
तेरी आरती चाँद-सूरज उतारें
माँ तुझको झूला झुलाए पवन

कइयों ने खुद माँ तुझे आजमाया
ज्योति बुझाने का बीड़ा उठाया
लगा चूमने फिर वो तेरे कदम
सितारों से ऊँचा माँ तेरा भवन

तू चाहे तो पल में बिगड़ी बना दे
पल में तू शहंशाह को भिखारी बना दे
तेरे हाथ में है कि तू बना दे मिटा दे
हम सब पड़े हैं माँ तेरी शरण
सितारों से ऊँचा माँ तेरा भवन ॥

मात तेरे अँगना आई सिंह पे होकर सवार

आई सिंह पे सवार
मैया ओढ़े चुनरी
ओढ़े चुनरी मैया
ओढ़े चुनरी

आद्य शक्ति है मात भवानी
जय दुर्गे माँ काली
बड़े-बड़े राक्षस संहारे
रणचण्डी मतवाली
करती भक्तों का उद्धार
मैया ओढ़े चुनरी
आई सिंह पे सवार

महिषासुर था महाबली
देवों को खूब सताया
छीन लिया इन्द्रासन
देवों को मार भगाया
कीन्हीं देवों ने पुकार
मैया ओढ़े चुनरी
आई सिंह पे सवार

दुर्गा का अवतार लिया
झट महिषासुर संघारी
दूर किया देवों का संकट
लीला तेरी न्यारी
किया देवों पर उपकार

मैया ओढ़े चुनरी
आई सिंह पे सवार

जो कोई जिस मंशा से मैया
तेरे द्वारे आता
हर इच्छा पूरी होती
मुँहमाँगा फल पाता
तेरा गुण गाये संसार
मैया ओढ़े चुनरी
आई सिंह पे सवार

कष्ट अनेकों मुझको घेरें
कौन हरे दुख मेरे
नाम तेरा रटता हूँ मैया मैं
हर शाम-सवेरे
अब तो सुन लो माँ पुकार
मैया ओढ़े चुनरी
आई सिंह पे सवार
ओढ़े चुनरी
मैया ओढ़े चुनरी ॥

मैया मेरी आई है

होके शेर पे सवार
मैया मेरी आई है भवन में
करके सोलह शृंगार
मैया मेरी आई है भवन में

एक हाथ में चक्र विराजे, दूजे में तलवार
मैया मेरी आई है भवन में
तीसरे हाथ में गदा विराजे, चौथे में त्रिशूल
मैया मेरी आई है भवन में

पाँचवें हाथ में शंख विराजे, छठे में कमल का फूल
मैया मेरी आई है भवन में
सातवाँ हाथ भक्तों के ऊपर, आठवाँ भरे भंडार
मैया मेरी आई है भवन में

लाल-लाल चोला मैया अंग विराजे, माथे बिन्दिया लाल
मैया मेरी आई है भवन में
शीश मैया के मुकुट विराजे, ओढ़े चुनरी लाल
कर सोलह सिंगार
मैया मेरी आई है भवन में

हाथ जोड़ देवा तुझे मनाऊँ
रख भक्तों की लाज
मैया मेरी आई है भवन में
होके शेर पे सवार
मैया मेरी आई है भवन में ॥

जगदम्बे आद्य भवानी

मैया हो रही जय-जयकार
जगदम्बे आद्य भवानी, जगदम्बे आद्य भवानी
जगदम्बे आद्य भवानी
मैया हो रही...जय-जयकार

मैया की गुफा सुहानी, दर्शन देंवे महारानी
वहाँ बहे गंग की धार
जगदम्बे आद्य भवानी, जगदम्बे आद्य भवानी
जगदम्बे आद्य भवानी
मैया हो रही...जय-जयकार

मैया शीश पे मुकुट विराजे, गल मोतियन माला साजे
मैया शक्ति का अवतार
जगदम्बे आद्य भवानी, जगदम्बे आद्य भवानी
जगदम्बे आद्य भवानी
मैया हो रही...जय-जयकार

मन्दिर में ध्वजा फहरावे, अम्बे लाल चुनरिया फावे
मैया पूर्ण कर दे पुकार
जगदम्बे आद्य भवानी, जगदम्बे आद्य भवानी
जगदम्बे आद्य भवानी
मैया हो रही...जय-जयकार

दुर्गे की ज्योति जगाई, मैया सच्चे मन से ध्याई
मैया मिले मोक्ष का द्वार
जगदम्बे आद्य भवानी, जगदम्बे आद्य भवानी
जगदम्बे आद्य भवानी
मैया हो रही जय-जयकार, जगदम्बे आद्य भवानी ॥

जग जननी माँ

जय-जय-जय जग जननी माँ
शरण तुम्हारी आयो रे

बैल सिंघासन बैठी रे मैया
शम्भू रूप धरायो रे
जटा-जूट सिर गंग विराजे
शेषनाग लिपटायो रे
जय-जय-जय जग जननी माँ ...

गरुड़ सिंघासन बैठी रे मैया
विष्णु रूप धरायो रे
मोर मुकुट पीताम्बर सोहे
मुख धर बैन बजायो रे
जय-जय-जय जग जननी माँ ...

हंस सिंहासन बैठी रे मैया
ब्रह्मा रूप धरायो रे
चार वेद मुख चार विराजे
चार वेद यश गायो रे
जय-जय-जय जग जननी माँ ...

सिंह सिंहासन बैठी रे मैया
शक्ति रूप धरायो रे
राम-दित तेरी करें स्तुति
चरण-कमल चित लायो रे
जय-जय-जय जग जननी माँ
शरण तुम्हारी आयो रे ॥

पार लगाओ माँ

पार करो मेरा बेड़ा भवानी, पार करो मेरा बेड़ा
छाया घोर अँधेरा भवानी, पार करो मेरा बेड़ा

गहरी नदिया नाव पुरानी, दया करो माँ आद्य भवानी
ओ गहरी नदिया नाव पुरानी, दया करो माँ आद्य भवानी
सबको आसरा तेरा भवानी, पार करो मेरा बेड़ा

मैं निरगुनिया गुन नहीं कोई, मैया जगा दो किस्मत सोई
ओ मैं निरगुनिया गुन न कोई, मैया जगा दो किस्मत सोई
देखो ना औगुन मेरा भवानी, पार करो मेरा बेड़ा

जग जननी तेरी जोत जगाई, इक दीदार की आस लगाई
ओ जग जननी तेरी जोत जगाई, इक दीदार की आस लगाई
हृदय करो बसेरा भवानी, पार करो मेरा बेड़ा

माँ भक्तों को वर दो, प्यार की एक नजर माँ कर दो
ओ भक्तों को माँ वर दो, प्यार की एक नजर माँ कर दो
लूटे पाप लूटेरा, पार करो मेरा बेड़ा
भवानी, पार करो मेरा बेड़ा ॥

प्यार बहा दे मैया

ऐसा प्यार बहा दे मैया
चरणों से लग जाऊँ मैं
एक अन्धकार मिटा दे मैया
दर्श तेरा कर पाऊँ मैं

जग में आकर जग को मैया
अब तक न पहचान सका
क्यों आया और कहाँ है जाना
ये भी न मैं जान सका
तू है अगम अगोचर मैया
क्यों, कैसे पार जाऊँ मैं

ऐसा प्यार बहा दे मैया
चरणों से लग जाऊँ मैं
एक अन्धकार मिटा दे मैया
दर्श तेरा कर पाऊँ मैं

कर कृपा जगदम्ब भवानी
मैं बालक नादान हूँ
नहीं आराधन, जप-तप जानूँ
मैं अवगुण की खान हूँ
दे ऐसा वरदान ऐ मैया
सुमिरन तेरा कर पाऊँ मैं

ऐसा प्यार बहा दे मैया
चरणों से लग जाऊँ मैं
एक अन्धकार मिटा दे मैया
दर्श तेरा कर पाऊँ मैं

मैं बालक तू मैया मेरी
निश-दिन तेरी ओट है
तेरी कृपा से ही जो
मेरे अन्दर ज्योत है
शरण लगा लो मुझको मैया
तुझ पर बलिहारी जाऊँ मैं

ऐसा प्यार बहा दे मैया
चरणों से लग जाऊँ मैं
एक अन्धकार मिटा दे मैया
दर्श तेरा कर पाऊँ मैं ॥

बनी रे जोगनिया

अपनी मैया की–
मैं तो बनी रे जोगनिया
हँसी उड़ाये चाहे सारी दुनिया
मैं तो बनी रे जोगनिया

मैया के दरबार
मैं तो हर साल आऊँगी
दर्शन पाऊँगी, मैं जोत जगाऊँगी
बोलूँ जैकारे, बन मैं तो भगतनिया
अपनी मैया की मैं तो बनी रे जोगनिया

हे अम्बे, हे दाती रानी
तेरा ही सहारा है
डोल रही मेरी नैया, माँ तू ही तो किनारा है
आस लगाये खड़ी हूँ, बन मैं तो जोगनिया
अपनी मैया की मैं तो बनी रे जोगनिया

जीवन के अँधियारे रास्ते
तूने सरल बनाये
कंजक रूप में 'दिशा' दिखा के
मेरे कष्ट मिटाये
दर्शन पाऊँ तेरा, बन मैं नित चरननिया
अपनी मैया की मैं तो बनी रे जोगनिया

अपनी मैया की–
मैं तो बनी रे जोगनिया
हँसी उड़ाये चाहे सारी दुनिया
मैं तो बनी रे जोगनिया ॥

पकड़ लो हाथ

पकड़ लो हाथ मेरा जगदम्बे
नहीं तो डूब जायेंगे
हमारा कुछ न बिगड़ेगा, तुम्हारी लाज जायेगी

तुम्हीं फूलों में हो मैया
तुम्हीं काँटो में हो मैया
खिला दो फूल बगिया में
कि गजरा मैं बन जाऊँगी
पकड़ लो मेरा हाथ जगदम्बे ...

तुम्हीं बादल में हो मैया
तुम्हीं बिजली में हो मैया
बरस जाओ मेरे अँगना
कि दर्शन मैं भी पाऊँगी
पकड़ लो मेरा हाथ जगदम्बे ...

तुम्हीं दीपक में हो मैया
तुम्हीं बाती में हो मैया
जला दो जोत जगदम्बे
कि आरती मैं उतारूँगी
पकड़ लो मेरा हाथ जगदम्बे ...

तुम्हीं हलवा में हो मैया
तुम्हीं पूरी में हो मैया
लगा लो भोग जगदम्बे
कि कंजकाँ मैं बिठाऊँगी
पकड़ लो हाथ जगदम्बे...नहीं तो डूब जायेंगे
हमारा कुछ न बिगड़ेगा तुम्हारी लाज जायेगी ॥

मुझे रास्ता दिखाना

तेरी याद में भवानी
फिरया मैं कुल जमाना
भटका हुआ राही हूँ
मुझे रास्ता दिखाना

तू जगतारिणी माँ
तू पतित उधारनी माँ
बचड़ा नादान तेरा
माँ मैं भूल गया ठिकाना

रो रोके लाल तेरा
तुझे पुकारता हूँ
एक दान मुझे दे दो
हर साल दर ते आना

महिमा अपार तेरी
बिगड़ी बना दे मेरी
एक बार अब तू आ जा
करके कोई बहाना

तेरी याद में भवानी
फिरया मैं कुल जमाना
भटका हुआ राही हूँ
मुझे रास्ता दिखाना ॥

गाऊँ मैं मीठी वाणी

मेरे कण्ठ बसो महारानी
तेरी महिमा अद्भुत मानी
मेरे सुर को
अपना सुर दो
कि गाऊँ मैं मीठी वाणी
मेरे कण्ठ बसो महारानी ...

जीवन का संगीत तुम्हीं हो
आशाओं का दीप तुम्हीं
शब्द-सुधा से
दामन भर दो, मैं याचक तुम दानी
मेरे कण्ठ बसो महारानी ...

वीणा की झंकार तुम्हीं हो
साँसों की हर तार तुम्हीं हो
मेरे सिर पे हाथ धरो माँ
हे सरस्वती कल्याणी
मेरे कण्ठ बसो महारानी ...

यह दास शरण में
है तेरी आया
जीवन में सब कुछ
है तुझसे पाया
मेरे कण्ठ बसो महारानी ॥

तू प्यार का सागर है

ऐ वैष्णो रानी माँ
यह कैसा खेल रचा तूने
तू ही प्यार का सागर है
तू ही भव का किनारा है

देखी है तेरी दुनिया
क्या संसार रचाया है
दिन-रात का चक्कर
समझ न सका मैं
हर पल जो बीत रहा
उसे तेरा इशारा है

महलों में भी दुख
सड़कों पे भी सुख
कोई शहंशाह किस्मत का
कोई किस्मत से खाली
सब तेरी ही लीला
सब तेरा पसारा है

कोई फूलों पे सो न सके
कोई काँटो पे हँसता है
कहीं मौत हुई महँगी
कहीं जीवन सस्ता है
कोई खुशियों में डूबा है
कोई दुखों का मारा है

कोई जन्म से पहले मरे
कोई मर के भी जीता है
कोई घाव लगाता है
कोई जख्मों को सीता है
ये कैसी हकीकत है
यह कैसा इशारा है

कोई दुख को भी सुख समझे
कोई सुख में भी रोता है
आशा और तृष्णा का
कभी अन्त न होता है
इन भूल-भुलइयों में
सदा वास तुम्हारा है

ऐ वैष्णो रानी माँ
यह कैसा खेल रचा तूने
तू ही प्यार का सागर है
तू ही भव का किनारा है ॥

माँगूँ मैं वरदान

माँगूँ वरदान मैं
देवी के मन्दिरवा भीतर

माँगूँ मैं माथे की बिन्दली
माथे की बिन्दली
माँगूँ मैं नाक की नथनी
नाक की नथनी
माँगूँ मैं सिन्दूरवा भर माँग
देवी के मन्दिरवा भीतर

माँगूँ वरदान मैं
देवी के मन्दिरवा भीतर

माँगूँ मैं हाथों के कंगन
हाथों के कंगन
माँगूँ मैं मेहँदी रचे हाथ
मेहँदी रचे हाथ
देवी के मन्दिरवा भीतर

माँगूँ वरदान मैं
देवी के मन्दिरवा भीतर

माँगूँ मैं अंग की साड़ी
अंग की साड़ी
माँगूँ मैं चुनरिया गोटेदार
चुनरिया तारोंदार
देवी के मन्दिरवा भीतर

माँगूँ वरदान मैं
देवी के मन्दिरवा भीतर

माँगूँ मैं पैरों की पायल
पैरों की पायल
माँगूँ मैं बिछुवा हीरों दार
बिछुवा हीरों दार से सजा
देवी के मन्दिरवा भीतर।

अम्बिके जगदम्बिके

अम्बिके जगदम्बिके
अब तेरा ही आधार है
जिसने ध्याया तुझको
उसका ही बेड़ा पार है

नंगे-नंगे पैरी मैया, अकबर आया
सोने का छत्र माँ उसने चढ़ाया
पूजा करी माँ तेरी, तू शक्ति का अवतार है
अम्बिके जगदम्बिके

पान सुपारी नारियल भेंट चढ़ाऊँ
खोल दरवाजा आजा तुझे ही बुलाऊँ
दर पे आये भक्तों ने, बोली जय-जयकार है
अम्बिके जगदम्बिके

दर पे खड़े सवाली, भर दे मेरी झोली खाली
तेरा वचन न जाये खाली, जय हो माता शेराँ वाली
कर दे कृपा महराँ वाली, बड़ी तू दयाल है
अम्बिके जगदम्बिके

श्री राम कुटीर मैया तुझको आना है
सब भक्तों ने मैया, तेरा दर्शन पाना है
अम्बिके जगदम्बिके, अब तेरा ही आधार है
जिसने ध्याया तुझको, उसका ही बेड़ा पार है
अम्बिके जगदम्बिके ॥

हे अम्बे जगदम्बे!

हे अम्बे जगदम्बे! मइया गौरी सती भवानी
शरण में आये हम तो दुर्गे माता! तू वरदानी।

लाल रत्न से आरंजित माँ! सुन्दर चरण तुम्हारे।
इन चरणों पे मइया! अपना तन-मन-धन हम वारें।

विन्ध्य-वासिनी शैल-सुता शिव शम्भू की पटरानी।
हे अम्बे जगदम्बे मैया! गौरी सती भवानी।

सिंह चढ़ी माता जब आये सर्व-सिद्धि सुख लाये।
कोटिश दीप सहज में मइया चहुँदिसि में जग जाये।

महिसासुर-मर्दिनी भैरवी! तेरी अमर कहानी।
हे अम्बे जगदम्बे! मइया गौरी सती भवानी।

ज्वाला जी की अमर ज्योति जग-जीवन को उजियारे।
जय माता जी वैष्णो देवी दरस जनम सब तारे।

अष्ट भुजा काली कामाख्या महिमा वेद बखानी।
हे अम्बे जगदम्बे! मइया गौरी सती भवानी ॥

लालो ही लाल

झंडे लाल, चुन्नी लाल, बिन्दी लाल, चूड़ा लाल
सब कुछ लालो ही लाल
लालो ही लाल, लालो ही लाल!

मेरी माई दे बचड़े
लालो ही लाल
शेराँवाली दे बचड़े लालो ही लाल!

ज्योति का रंग लाल, तेरे फूलों का रंग लाल
चोला लाल, कलावा लाल, बिन्दी लाल, चूड़ा लाल
सब कुछ लालो ही लाल!

सिन्दूर का रंग लाल, माँ केसर का रंग लाल
तिलक का रंग लाल, माँ तेरी चूड़ी का रंग लाल
परने लाल दुपट्टे लाल, बिन्दी लाल, चूड़ा लाल
सब कुछ लालो ही लाल!

अट्टे का रंग लाल, माँ तेरी रोली का रंग लाल
लाली बाँटने वाली मैया, कैसा किया कमाल
आसन लाल-सिंहासन लाल, बिन्दी लाल, चूड़ा लाल
सब कुछ लालो ही लाल!

माँ तेरे मन्दिरों में देखा
सब कुछ हमने लालो ही लाल
मेरी माई दे बचड़े लालो ही लाल
शेराँवाली दे बचड़े लालो ही लाल!

मन थोड़ा धीर धरो

मैया का तुम्हें दर्शन होगा
कि मन थोड़ा धीर धरो
तेरे आगे भवानी का भवन होगा
कि मन थोड़ा धीर धरो

पहला दर्शन कौल कंडौली
कर ले सच्चा कौल
कदम बढ़ाता जा भक्ता
ते जै माता दी बोल!
तेरे आगे भवानी का भवन होगा
कि मन थोड़ा धीर धरो

दूजा दर्शन चरण पादुका
कर चरणों का ध्यान
शक्ति माँ शक्ति देती है
और देती है ज्ञान
तेरे आगे भवानी का भवन होगा
कि मन थोड़ा धीर धरो

तीजा दर्शन आद्य-कुँवारी
गर्भ जून कर पार
इसको पार करे जो प्राणी
उसका बेड़ा पार
फिर गर्भ में कभी न जन्म होगा
कि मन थोड़ा धीर धरो

चौथा दर्शन हाथी मत्था
मथा टेककर जा
साँझी छत ते बैठके भगता
गुण माता दे गा
तेरे आगे भवानी का भवन होगा
कि मन थोड़ा धीर धरो

आ गया है भवन मैया का
हो रही जय-जयकार
गुफा के अन्दर झाँकी भरता
जय माता दी बोल!

आगे माता रानी का तुम्हें दर्शन होगा
कि मन थोड़ा धीर धरो
भक्तों का टोला तेरे संग होगा
कि मन थोड़ा धीर धरो ॥

नवरात्रे

नवरात्रों की बहार आई
शेर पे सवार मेरी माँ आई

सुन्दर रूप निराला है
झूमे मन मतवाला है
सबके दिलों में करार लाई
शेर पे सवार मेरी माँ आई

जब भी तुझे पुकारा माँ
तूने दिया सहारा माँ
खुशियों की बहार आई
शेर पे सवार मेरी माँ आई

क्या वैरी क्या पापी माँ
डूबते पापी तारे माँ
नैया की पतवार आई
शेर पे सवार मेरी माँ आई

दर तेरे जो भी आये माँ
हँसता-हँसता जाये माँ
सबके दिलों में करार लाई
शेर पे सवार मेरी माँ आई
नवरात्रों की बहार आई ॥

दे गई दर्शन

भक्तों को दर्शन दे गई रे
इक छोटी-सी कन्या
भक्तों को दर्शन दे गई रे
इक छोटी-सी कन्या

भक्तों ने पूछा–
मैया, धाम तेरा क्या है?
ऊँचे-ऊँचे पर्वत बता गई रे
इक छोटी-सी कन्या
भक्तों को दर्शन दे गई रे
इक छोटी-सी कन्या

भक्तों ने पूछा–
मैया, नाम तेरा क्या है?
वैष्णो रानी बता गई रे
इक छोटी-सी कन्या
भक्तों को दर्शन दे गई रे
इक छोटी-सी कन्या

भक्तों ने पूछा–
मैया, सवारी तेरी क्या है?
पीला-पीला शेर बता गई रे
इक छोटी-सी कन्या
भक्तों को दर्शन दे गई रे
इक छोटी-सी कन्या

भक्तों ने पूछा–
मैया, भोग तेरा क्या है?
चना-पूरी हलवा बता गई रे
इक छोटी-सी कन्या
भक्तों को दर्शन दे गई रे
इक छोटी-सी कन्या

भक्तों ने पूछा–
मैया, काम तेरा क्या है?
आस-पुजाना बता गई रे
इक छोटी-सी कन्या
भक्तों को दर्शन दे गई रे
इक छोटी-सी कन्या ॥

आओ भोग लगायें

आओ मैया जी तुम्हें भोग लगायें
पहले भोग लगायें
प्रसाद फिर हम खायें

हृदय का दीपक, नयनों की बाती
जगमग ज्योत जगायें
पान, सुपानी, ध्वजा, नारियल
माँ को भेंट चढ़ायें
नाक में नथनी, हाथ में कंगन
माथे मुकुट सजायें

सतरंगा तेरा चोला लहरिया
चुनरी लाल उढ़ाऊँ
चन्दन की चौकी आन विराजो
सन्मुख दर्शन पाऊँ

मैया आँचल की दो छाया
पाप-ताप मिट जाये
सज-धजकर बैठी मेरी मैया
मन्द-मन्द मुस्काये

खाये जो इस भोग को
दास तेरा हो जाये मग्न!

आज तेरे मन्दिर में जगराता है

मैया जी आज हमें नींद नहीं आयेगी
सुना है तेरे मन्दिर में जगराता है ...

मैया जी के जगराते में गणपति भी आयेंगे
गणपति भी आयेंगे, संग में ऋद्धि-सिद्धि को लायेंगे
भंडारे भर वो जायेंगे, सुना है तेरे मन्दिर में जगराता है

मैया जी के जगराते में ब्रह्माजी भी आयेंगे
ब्रह्मा जी भी आयेंगे, संग में ब्रह्माणी को लायेंगे
आ करके वेद सुनायेंगे, सुना है तेरे मन्दिर में जगराता है

मैया जी के जगराते में विष्णु जी भी आयेंगे
विष्णु जी भी आयेंगे, संग में लक्ष्मी जी को लायेंगे
आ करके दर्श दिखायेंगे, सुना है तेरे मन्दिर में जगराता है

मैया जी के जगराते में शंकर जी भी आयेंगे
शंकर जी भी आयेंगे, संग में गौराँ जी को लायेंगे
वो आ करके डमरू बजायेंगे, सुना है तेरे मन्दिर में जगराता है

मैया जी के जगराते में कृष्ण जी भी आयेंगे
कृष्ण जी भी आयेंगे, संग में राधा जी को लायेंगे
आ करके मुरली बजायेंगे, सुना है तेरे मन्दिर में जगराता है

मैया जी के जगराते में नारद जी भी आयेंगे
नारद जी भी आयेंगे, संग में सरस्वती को लायेंगे
आ करके वीणा सुनायेंगे, सुना है तेरे मन्दिर में जगराता है

मैया जी के जगराते में बजरंगी भी आयेंगे
बजरंगी भी आयेंगे, संग में भक्तों को लायेंगे
आ करके कीर्तन करायेंगे, सुना है तेरे मन्दिर में जगराता है

मैया जी के जगराते में संगत भी आयेगी
संगत भी आयेगी, संग में ढोलक, चिमटा लायेगी
आ करके भेंटें गायेगी, सुना है तेरे मन्दिर में जगराता है ॥

सुख देना माता

मेरे घर में सुख देना माता
मैं कभी न देखूँ दुख माता

तेरे नाम से मेरा दिन निकले
तेरे नाम से मेरी शाम ढले
अपनी भक्ति देना माता
मेरे घर में सुख देना माता

मेरे घर में मैया जी तेरा वास रहे
और दूजी न कोई आस रहे
पल-पल सिमरूँ तुमको माता
मेरे घर में सुख देना माता

औलाद मेरी गुणवान बने
जग में इनकी पहचान बने
इतनी शक्ति देना माता
मेरे घर में सुख देना माता

हर पल मैं तेरा ध्यान धरूँ
जग में तेरा गुणगान करूँ
इतनी कृपा करना माता
मेरे घर में सुख देना माता ॥

मन-मन्दिर सदा विराजो

मन-मन्दिर सदा विराजो री, हे मात भवानी!
आलोकित करणी, हे तम-हरणी अभया-दानी

हे गणेश जगदम्बे माता, तू है अष्ट भुजा वाली!
सिंह वाहिनी जय माँ दुर्गे! करो कृपा हम पर काली!

भव सागर पार उतारो री, हे अमृत-वाणी!
मन-मन्दिर सदा विराजो री, हे मात भवानी!

कोटिश चन्द्र करें नित वंदन आरति सूर्य उतारे
शिव-मस्तक से गंगावतरण कर माँ! चरण पखारे

हे सती! सकल सुख देने वाली माँ शिव रानी!
मन-मन्दिर सदा विराजो री, हे मात भवानी!

हिम तनया श्वेतांग-सुन्दरी लाल वसन तन धारे
श्वेत पुष्प आभूषित नख शिख सरबस जन सब वारे

शरणागत को फल देने वाली हे माँ कल्याणी!
मन-मन्दिर सदा विराजो री, हे मात भवानी ॥

सर्वेश्वरी जगदीश्वरी

सर्वेश्वरी जगदीश्वरी, हे मातृ-रूपी महेश्वरी!
ममता-मयी करुणा-मयी, हे मातृ-रूपी महेश्वरी!

जग-जीवनी संजीवनी प्रति-पल भुवन-हृदयेश्वरी
हे मातृ-रूपी महेश्वरी...सर्वेश्वरी ...

तम-हारिणी शुभ-कारिणी मन-मोहिनी विश्वेश्वरी
हे मातृ-रूपी महेश्वरी...सर्वेश्वरी ...

कृपालिनी जग-तारिणी समस्त भुवनेश्वरी
हे मातृ-रूपी महेश्वरी...सर्वेश्वरी ...

भय-भंजनी भवानी जगतारनी

भय-भंजनी भवानी जगतारनी
मैं पूजा करूँ दिन-रात तेरी
तेरी दया जो मुझ पर हो जाए
बन जाए माँ बिगड़ी बात मेरी
भय-भंजनी भवानी जगतारनी

तेरे नाम की बहती गंगा में
मैल जनम-जनम की धुल जाती
निष्काम माँ तेरी भक्ति से
बन्द कर्मों की खिड़की खुल जाती
मेरी इच्छा है माँ रहमत की
बस होती रहे बरसात तेरी
भय-भंजनी भवानी जगतारनी

तेरे छूने से माटी सोना बने
घर तेरे से चन्दन हो जाता
मन-मन्दिर में उसके तू रहती
जो ध्यान में तेरे खो जाता
मेरा मन चाहे मैं जहाँ रहूँ
हो प्रीत माँ तेरे साथ मेरी
भय-भंजनी भवानी जगतारनी ॥

आस हुई रे पूरी मेरे मन की

जगन कराया तेरा जग-जननी
आस हुई रे पूरी मेरे मन की

जगमग जगी तेरी जोती है
हुई पूरी मन की मनौती है
आई शुभ घड़ी तेरे दर्शन की
आस हुई रे पूरी मेरे मन की

शीश झुका करूँ तेरी वन्दना
आई जगदम्बे मैया मेरे अँगना
धूल लगाऊँ मत्थे तेरे चरनन की
आस हुई रे पूरी मेरे मन की

खुशियों से झोली माँ भर देगी
कारज पूरे सारे कर देगी
भेंट चढ़ाऊँ तन-मन-धन की
आस हुई रे पूरी मेरे मन की

सारी रात माँ के गुण जो गाये
मन की मुरादें वो जरूर पाये
सुनेगी पुकार दाती हर जन की
आस हुई रे पूरी मेरे मन की

जगन कराया तेरा जग-जननी
आस हुई रे पूरी मेरे मन की ॥

बिठा लो मुझे चरणन में

माँ तुम बसी पर्वत ऊपर
मुझे बिठा लो माँ अपने चरणन में

तेरे नाम की माला जपती हूँ
यही साँझ-सवेरे कहती हूँ
तुझे देखके दिल के दर्पण में
मुझे बिठा लो माँ अपने चरणन में

तुम ही वैष्णो महारानी हो
तुम दुख-हरणी कल्याणी हो
तुम्हारी सुगन्ध फैली चारों ओर
मुझे बिठा लो माँ अपने चरणन में

माँ बना लो तुम अपना मुझे
आँचल में अपने छुपा लो माँ
स्वरूप तेरा है मेरे नयनन में
मुझे बिठा लो माँ अपने चरणन में

तेरी दया का जहाँ दीप जले
बिन माँगे वहाँ हर चीज मिले
सुख मिलता है जहाँ दर्शन में
मुझे बिठा लो माँ अपने चरणन में

मैं आस लगाये बैठी हूँ
तुझे मन में बसाये बैठी हूँ
तूझे पूजते जन-जन में
मुझे बिठा लो माँ अपने चरणन में ॥

मेरे रोम-रोम में

रम गई माँ, रम गई माँ, माँ रम गई
मेरे रोम-रोम में... माँ रम गई!

मेरी साँसों में अम्बे के नाम की धारा बहती
जीभा बार-बार मेरी ये कहती–
रम गई माँ, रम गई माँ, माँ रम गई
मेरे रोम-रोम में... माँ रम गई!

जहाँ भी जाऊँ, जिधर भी देखूँ, अष्टभुजी माँ दीखे
ये रंग ऐसा जिसके आगे, और सभी रंग फीके
रम गई माँ, रम गई माँ, माँ रम गई
मेरे रोम-रोम में... माँ रम गई!

आँधी आई तूफाँ आया, पर न भरोसा डोला
नाम दिवाना भगत ध्यानू, यही झूम कर बोला
रम गई माँ, रम गई माँ, माँ रम गई
मेरे रोम-रोम में... माँ रम गई!

सपने में जब वैष्णो माँ ने अद्भुत रूप दिखाया
मस्ताना हो माई दास ने यही, झूम कर गाया
रम गई माँ, रम गई माँ, माँ रम गई
मेरे रोम-रोम में... माँ रम गई!

जगदम्बे पधारो खेलें होली

जगदम्बे पधारो खेलें होली
कोरे-कोरे कलश गंगा जल पानी
केसरिया रंग राखूँ घोली
जगदम्बे पधारो खेलें होली

अक्षत कुमकुम थाल सजाऊँ
आँगन बीच रचूँगी होली
जगदम्बे पधारो खेलें होली

चौंसठ योगिन, बावन भैरवं
साथ में सखियों की टोली
जगदम्बे पधारो खेलें होली

मोरे अँगना में फाग मचाओ
भर-भर डालो अबीर रोली
जगदम्बे पधारो खेलें होली

मैं हूँ दास तेरे चरणों का
लाज रखो री मैया भोली
जगदम्बे पधारो खेलें होली ॥

तेरे दरस को प्यासे नैना

नमामि अम्बे दीन वत्सले, तुम्हें बिठाऊँ हृदय सिंहासन।
तुम्हें पहनाऊँ भक्ति पादुका, नमामि अम्बे भवानी अम्बे।

श्रद्धा के तुम्हें फूल चढ़ाऊँ, श्वासों की माला पहनाऊँ।
दया करो अम्बिके भवानी, नमामि अम्बे भवानी अम्बे।

बसो हृदय में हे कल्याणी सर्व मंगल मांगल्य भवानी।
दया करो अम्बिके भवानी, नमामि अम्बे भवानी अम्बे।

जय अम्बे जय-जय दुर्गे, दयामयी कल्याण करो।
आ जाओ माँ आ जाओ, आकर दरस दिखा जाओ।

कब से द्वार तिहारे ठाढ़े मैया मेरी, मुझ पर कृपा करो।
तेरे दरस को प्यासे नैना, दरस हमें दिखला जाओ ॥

जगदोद्धारिणी माँ दुर्गा

जगदोद्धारिणी माता दुर्गा, जगदोद्धारिणी माँ
जागो-जागो माँ, जागो-जागो माँ, जागो-जागो माँ, जग-जननी

हे गौरी देवी रणचंडी देवी, हे शिव-रमणी जागो माँ
हे शिव-रमणी जागो माँ, हे शिव-रमणी जागो माँ

जागो जगदोद्धारिणी माँ, जागो-जागो माँ, जागो-जागो–
जागो-जागो माँ, जागो-जागो माँ, जागो-जागो माँ, जग-जननी

दुख-हरनी दुर्गे

नमो-नमो दुर्गे! नमो-नमो दुर्गे! नमो-नमो दुर्गे!
दुख-हरनी, सुख-सम्पति, सुत सम्पति सरनी।

नमो-नमो शिव-रूपे गौरी! भव-मोचनी माया वर भूरी।
नमो-नमो लक्ष्मी शर्वाणी, ज्योत्स्ना इन्दु-रूप-कल्याणी।

नमो-नमो कृष्णे! अति रौद्रे, जगत्-प्रतिष्ठे अतिशय-सौम्ये!
नमो-नमो हे गुरु-रिचु-माये, सुर-नर-मुनि-किन्नर सब गाये।

नमो हे चेतन देवी, पूर्ण दया पावे तब सेबी!
नमो-नमो हे बुद्धि-शक्ति-मय, तृष्णा छाया क्षुधा तृषा मय।

नमो हे शान्ति-निधाने, ज्ञान-विराग-विवेक-विधाने!
नमो-नमो हे लज्जा-रूपे, कान्ति-वृत्ति-स्मृति-दया-स्वरूपे।

नमो-नमो सन्तोषी माता, जय सुखदायिनि विश्व-विधाता!
नमो-नमो हे चंडी माता, तुम बिन जग में आन न त्राता।

नमो-नमो विन्ध्याचल रानी, इच्छित फल की हो तुम दानी।
नमो-नमो महिषासुर-मर्दिनि शुंभ-निशुम्भासुर वध करनी।

नमो-नमो दुर्गे! नमो-नमो दुर्गे! नमो-नमो दुर्गे!
दुख-हरनी, सुख-सम्पति, सुत सम्पति सरनी।

श्रद्धा विश्वास रूपिणौ

भवानी शंकरौ बन्दे, श्रद्धा विश्वास रूपिणौ।
याभ्यां विना न पश्यन्ति, सिद्धाः स्वान्तस्थमीश्वरम्।

तुम आदि-शक्ति हो—तुम जग की माता हो।
अम्बे! तुम्हीं जगदम्बे तुम्हीं दुर्गा भवानी हो।

वीणा के तार तुम्हीं शारदा महारानी हो।
तुम्हीं रण-चंडी रुद्राणी।

तुम्हीं उमा रमा और तुम्हीं इन्द्राणी।
तुम्हीं अन्नपूर्णा मनसा, मनसा।

तुम्हीं काली तुम्हीं कृपाली, कृपाली।
तू ही है चौरासी घंटे वाली।

जो भी भाव-भक्ति से ध्याता, ध्याता।
वो भक्त सदा मन-वांछित फल पाता।

मुनि जाने गौरव-गरिमा, गरिमा।
वेद बखाने माता तेरी महिमा।

तू ही सन्तोषी कहलाई, कहलाई।
धर रूप सुगम तू कलियुग में आई।

चरणों में 'धरम' तेरा आया कल्याणी हो।
वीणा के हर तार तुम्हीं शारदा महारानी हो॥

जय जय गिरिबरराज किसोरी

जय जय गिरिबरराज किसोरी।
जय महेस मुख चंद चकोरी।
जय गजबदन षडानन माता।
जगत जननि दामिनि दुति गाता।

नहिं तव आदि मध्य अवसाना।
अमित प्रभाउ बेदु नहिं जाना।
भव भव बिभव पराभव कारिनि।
बिश्व बिमोहनि स्वबस बिहारिनि।

पतिदेवता सुतीय महुँ मातु! प्रथम तव रेख।
महिमा अमित न सकहिं कहि सहस सारदा सेस।

सेवत तोहि सुलभ फल चारी।
बरदायनी पुरारि पिआरी।
देबि पूजि पद कमल तुम्हारे।
सुन नर मुनि सब होहिं सुखारे।

मोर मनोरथु जानहु नीकें।
बसहु सदा उर पुर सबही कें।
कीन्हेउँ प्रगट न कारन तेहीं।
अस कहि चरन गहे बैदेहीं ॥

बिनय प्रेम बस भई भवानी।
खसी माल मूरति मुसुकानी।
सादर सियँ प्रसादु सिर धरेऊ।
बोली गौरि हरषु हियँ भरेऊ।

सुनु सिय सत्य असीस हमारी।
पूजिहि मन कामना तुम्हारी।

नारद बचन सदा सुचि साँचा।
सो बरु मिलिहि जाहिं मनु राचा।

मनु जाहिं राचेउ मिलहि सो बरु सहज सुंदर साँवरो।
करुना निधान सुजान सीलु सनेहु जानत रावरो।
एहि भाँति गौरि असीस सुनि सिय सहित हियँ हरषीं अली।
तुलसी भवानिहि पूजि पुनि पुनि मुदित मन मंदिर चली।

जानि गौरि अनुकूल सिय हिय हरषु न जाइ कहि।
मंजुल मंगल मूल बाम अंग फरकन लगे॥

नमो नमो दुर्गे

काली दुर्गे! नमो नमः
काली दुर्गे! नमो नमः

लक्ष्मी अन्नपूर्णा! नमो नमः
लक्ष्मी अन्नपूर्णा! नमो नमः

उमा पारवती! नमो नमः
उमा पारवती! नमो नमः

गिरिजा शंकरी! नमो नमः
गिरिजा शंकरी! नमो नमः

अम्बा भवानी! नमो नमः
अम्बा भवानी! नमो नमः

सुन्दरी सरस्वती! नमो नमः
सुन्दरी सरस्वती! नमो नमः

शक्ति कुंडलिनी! नमो नमः
शक्ति कुंडलिनी! नमो नमः ॥

बच्चेयाँ नूँ चिट्ठियाँ मैया ने घलियाँ

जदों पोह दियाँ ठंडियाँ हवावाँ चलियाँ
बच्चेयाँ नूँ चिट्ठियाँ मैया ने घलियाँ

जदों भक्ताँ दे दिल च उबाल आ गये
याद अम्बड़ी नूँ बिछुड़े बाल आ गये
फेर माँ कोलों गईयाँ न जुदाइयाँ झलियाँ
बच्चेयाँ नूँ चिट्ठियाँ ...

जिन्ना मुकी जावे पैंडा ओनी तांग वद गई
आस जनमाँ तो प्यासी, रुह दे वांग वद गई
होइयाँ पूरियाँ जो दिलाँ बिच आसाँ पलियाँ
बच्चेयाँ नूँ चिट्ठिंयाँ ...

चरण-पादुका दे वेडे बिच दुलारे आ गये
आद-कुआरी दिआँ अखियाँ दे तारे आ गये
लाल झंडेयाँ दे नाल, होईयाँ लाल गलियाँ
बच्चेयाँ नूँ चिट्ठियाँ ...

जग-जननी दा जदों दरबार आ गया
थके-हारे होये लालाँ नूँ करार आ गया
सच्ची माँ दियाँ बच्चयाँ दलीजाँ मलियाँ
बच्चेयाँ नूँ चिट्ठियाँ ...

शोभा शोभा तो न्यारी मेरी शेराँवाली दी
जापे प्यार तो प्यारी मेरी मेहराँवाली दी
गले बिच हार, गोदी फुल कलियाँ
बच्चेयाँ नूँ चिट्ठियाँ मैया ने घलियाँ ॥

—चंचल

ज्योति जागे तेरे भवन पर

ज्योति जागे मैया तेरे भवन पर
आनन्द मंगल हो रहे देवा तेरे भवन पर
सूआ-सूआ चोला मैया अंग विराजे
लाल किनारी लगा रहे देवा तेरे भवन पर
ज्योति जागे मैया तेरे भवन पर

हथ कटोरी देवा केसर घोली अम्बे
देवाँ नूँ तिलक लगा रहे मैया तेरे भवन पर
आनन्द मंगल हो रहे मैया तेरे भवन परे
ज्योति जागे मैया तेरे भवन पर

मालन बनके अम्बे फुल ल्याई
देवाँ नूँ हार पहना रहे मैया तेरे भवन पर
आनन्द मंगल हो रहे देवा तेरे भवन पर
ज्योति जागे मैया तेरे भवन पर

हथ रकेबी बिच जलेबी अम्बे
दुर्गा नूँ भोग लगा रहे देवा तेरे भवन पर
आनन्द मंगल हो रहे मैया तेरे भवन पर
ज्योति जागे मैया तेरे भवन पर

गुड दी रौडी मैया मौली दा कँगना अम्बे
आद्य गणेश मना रहे देवा तेरे भवन पर
आनन्द मंगल हो रहे मैया तेरे भवन पर
ज्योति जागे मैया तेरे भवन पर

पान सुपारी देवा ध्वजा नारियल अम्बे
पहलड़ी भेंट चढ़ा रहे देवा तेरे भवन पर
आनन्द मंगल हो रहे मैया तेरे भवन पर
ज्योति जागे मैया तेरे भवन पर

कुट-कुट चुरी देवा, करियो मलिदा अम्बे
देवाँ नूँ भोग लगा रहे अम्बे तेरे भवन पर
आनन्द मंगल हो रहे मैया तेरे भवन पर
ज्योति जागे मैया तेरे भवन पर

नंगे-नंगे पैरी देवा अकबर आया
देवाँ नूँ भेंट ल्याया अम्बे तेरे भवन पर
आनन्द मंगल हो रहे मैया तेरे भवन पर
ज्योति जागे मैया तेरे भवन पर ॥

रंग बरसे

रंग बरसे दरबार, मैया जी तेरे रंग बरसे
यहाँ हो रही जय-जयकार, मैयाजी तेरे रंग बरसे

अम्बे रानी के भवन पर रंग बरसे
महारानी के भवन पर रंग बरसे
शेराँवाली के भवन पर रंग बरसे

दूरों-दूरों संगताँ आइयाँ
ऊँचे पर्वतों की चढ़के चढ़ाइयाँ
ढोलक-चिमटा-मंजीरियाँ दे नाल
मैया जी तेरे रंग बरसे, रंग बरसे दरबार
मैया जी तेरे रंग बरसे

मिल-मिल भगताँ दे टोले आंदे
मैया दी सोनियाँ भेंट गांदे
करदे जय-जयकार
मैया जी तेरे रंग बरसे, रंग बरसे दरबार
मैया जी तेरे रंग बरसे

सावन महीने के नवरात्रे आये
नभ में बादल उमड़-घुमड़ छाये
बरसे नन्हीं फुहार
मैया जी तेरे रंग बरसे, रंग बरसे दरबार
मैया जी तेरे रंग बरसे

मैया जी के भवन पर रौनकाँ छाइयाँ
छोटी-छोटी कंजकाँ सज-धजके आइयाँ
करके सुन्दर सिंगार, मैया जी तेरे रंग बरसे
रंग बरसे दरबार, मैया जी तेरे रंग बरसे ॥

मैया मुरादाँ वंडदी

वैष्णो रानी दा भवन रंगीला
छन-छन छैनियाँ दे नाल लंघदी
नी मेरी मैया है बैठी मुरादाँ वंडदी

सुन्दर गुफा च बैठी भवानी
विश्व दी मालिक वैष्णो रानी
राती दिने ओहदे खुले ने द्वारे
झोलियाँ भर लयो, भरे ने भंडारे
नी मेरी मैया है बैठी मुरादाँ वंडदी

भोली-भाली माँ दा भवन रंगीला
बूए उत्ते बैठा शेर रसीला
लाल ध्वजा लै खड़ा बजरंगी
लाल है चोला, माँ दी चुन्नी सतरंगी
नी मेरी मैया है बैठी मुरादाँ वंडदी

दूरों-दूरों आवन भगताँ दे टोले
चढ़दे जावन टक हौले-हौले
बिनती शरधा दा ध्यान लगांदे
जय-जय मैया तेरी कैंहदे जांदे
मेरी मैया है बैठी मुरादाँ वंडदी

सावन अस्सू दे नराते आये
संगतां ने डेरे लाये
मंगियाँ मुरादाँ पाके
झोलियाँ भर ल्याये

सीस निवाके माँ दी चरणी लग जाइये
नी मेरी मैया है बैठी मुरादाँ वंडदी
छन-छन छैनियाँ दे नाल लंघदी
नी मेरी मैया है बैठी मुरादाँ वंडदी

माता वैष्णो रानी जय हो, माँ मेरी झंडेयाँ वाली जय हो!
भरे भंडारे वाली जय हो, लाल-लाल चोलियाँ वाली जय हो!
माँ दा भवन रंगीला जय हो, माँ मेरी भोली-भाली जय हो!
मैया दी गुफा सुहानी जय हो, माँ दा शेर रंगीला जय हो!

माँ दी चुन्नी सतरंगी जय हो, विश्व दी मालिक वैष्णो रानी!
माँ मेरी भवनाँ वाली जय हो, माँ मेरी शेराँवाली जय हो!

तेरी मुट्ठी विच की नी अम्बिए

शेर दी सवारी मैया गुफा विचों निकली
बोल तेरी मुट्ठी विच की नी अम्बिए
बोल तेरी मुट्ठी विच की नी अम्बिए ...

मुट्ठी मेरी विच भरे ने पतासे
भगताँ दे रहन्दी हाँ मैं आसे-पासे
होर दस मंगनाँ ए की
वे भगता होर दस मंगनाँ ए की
शेर दी सवारी मैया गुफा विचों निकली

मुट्ठी मेरी विच भरी है मेहँदी
भगताँ दे दुखड़े मैं कदी वी न सहन्दी
होर दस मंगनाँ ए की

मुट्ठी मेरी विच भरे ने हीरे
मावाँ नूँ पुत्र देवें भैनाँनूँ वीरे
होर दस मंगनाँ ए की

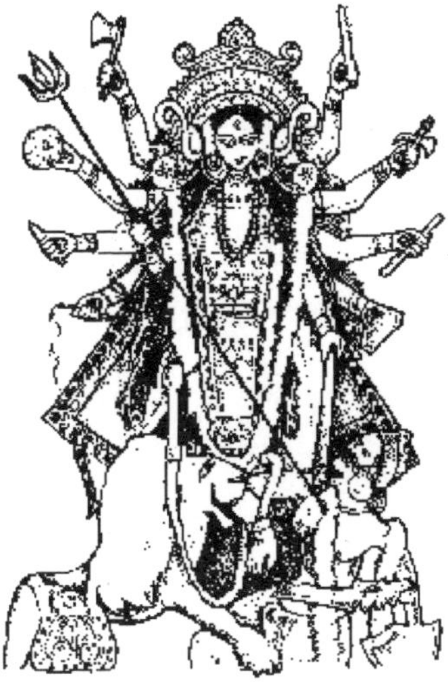

मुट्ठी मेरी विच भरे ने छुआरे
भगताँ दे देन लई मेरे भरे ने भंडारे
होर दस मंगनाँ ए की

मुट्ठी मेरी विच भरियाँ ने रोड़ियाँ
भैनाँनूँ देवाँ मैं भरावाँ दी जोड़ियाँ
होर दस मंगनाँ ए की

मुट्ठी मेरी विच भरे ने छुआरे
दर्शन लई मेरे खुले ने द्वारे
होर दस मंगनाँ ए की
वे भगताँ होर दस मंगनाँ ए की

शेर दी सवारी मैया गुफा विचों निकली
बोल तेरी मुट्ठी विच की नी अम्बिए
बोल तेरी मुट्ठी विच की नी अम्बिए।

चेत दा महीना

जदों खेड़दी ते छन-छन करदा
माँ तेरा लाल चूड़ा
तेरियाँ गौरियाँ बाहाँ दे बिच फबदा
माँ तेरा लाल चूड़ा!

चेत दा महीना आ गया
सोने भवनाँ ते खेडन कंजकाँ
भगत आये दर्शन नूँ
मैं तेरे दर्श दी प्यासी
माँ तेरा लाल चूड़ा!

सावन दा महीना आ गया
सोने पीपलाँ ते पैईयाँ पींघा
सतों भैना झूलन आईयाँ
तेरी पायल छम-छम बाजे
माँ तेरा लाल चूड़ा!

असु दा महीना आ गया
सोहने भवनाँ ते बैठी महारानी
भगत आये दर्शन नूँ
मैं तेरे दर्श दी प्यासी
माँ तेरा लाल चूड़ा!

जदों खेड़दी ते छन-छन करदा
माँ तेरा लाल चूड़ा
तेरियाँ गौरियाँ बाहाँ दे बिच फबदा
माँ तेरा लाल चूड़ा ॥

लाल चूड़ा

जदों खेड़दी
जदों खेड़दी ते
खनखन करदा
माई तेरा लाल चूड़ा
देखो गोरियाँ बांवाँ दे बिच सजदा
माई तेरा लाल चूड़ा!

खेनूँ लेके सत्तों भैना
आइंया बिच पहाड़ाँ
लक्ष्मी ते ब्रह्माणी आई
मेरी माँ सब दी सरदाराँ
चूड़ा खन-खन खनके ... जै हो

खैनूँ खेडन आई जै हो
चूड़ा पाके आई जै हो
चूड़ा खन-खन खनके जै हो
शिव दा डमरू बोले जय हो
शाम दी बंसी बोले जै हो
भक्ताँ दा मन डोले जै हो
चूड़ा खन-खन खनके ... जै हो

इस चूड़े दी शोभा देखके
शिव शंकर भरमाये
चूड़े दी झंकार सुनी ते
छोड़ हिमालय आये
चूड़ा खन-खन खनके ... जै हो

ब्रह्माणी कैंदी ब्रह्माजी नूँ
मैं वी चूड़ा पावाँ
लक्ष्मी कैंदी विष्णु जी नूँ
मैं चूड़े च शरमावाँ
चूड़ा खन-खन खनके ... जै हो

चूड़ा किस घड़या कमाल जै हो
माँ दी बाँहीं चढ़या जै हो
चन्द-सितारे जड़या जै हो
लाल-लाल रँग चढ़या जै हो
चूड़ा खन-खन खनके ... जै हो
जदों खेड़दी ...

विष्णु कैंदे लक्ष्मी जी नूँ
तू क्यों चूड़ा मंगदी
जिसदी होवे शेर सवारी
ओ चूड़े च सजदी
संगताँ दर ते होई निहाल
चूड़ा किस घड़या कमाल
माँ वैष्णो दा चूड़ा लाल!

चूड़ा खन-खन खनके जै हो
केसर तिलक लगाये जै हो
माँ दी बाँहीं चढ़या जै हो
शिव दा डमरू बोले जै हो
भक्ताँ दा मन डोले जै हो

नंगी पैरी आये जै हो
चन्द-सितारे जड़या जै हो
शाम दी बंसी बोले जै हो
द्वारे झंडे झुलाये जै हो
लाल सूआ रंग चड़या जै हो
नारियल भेंट चढ़ाया जै हो
चरणी शीश झुकाया जै हो
मन दीआँ मुरादाँ पाया जै हो
जदो खेड़दी ...

ब्रह्माणी कैंदी ब्रह्मा जी नूँ, मैं बी चूड़ा पावाँ
ब्रह्माजी कैंदे ब्रह्माणी नूँ, तू क्यों मन ललचाये
जेहड़ी सुन्दर गुफा च रहन्दी वो ही चूड़ा पाये
चूड़ा किस घड़या कमाल जै हो
चूड़ा खन-खन खनके जै हो ...!

तेरी हरी-हरी चूड़ियाँ रंग लागा

रंग लागा मैया तेरे हथ मेहँदी रंग लागा
तेरी हरी-हरी चूड़ियाँ रंग लागा
तेरी गोरी-गोरी बैयाँ रंग लागा

ए तेरी मेहँदी किस गोइयाँ
किस तेरे पीठे पात
मेहँदी रंग लागा
तेरी हरी-हरी चूड़ियाँ ...

ए तेरी मेहँदी ब्रह्मा गोइयाँ
ब्रह्माणी ने पीठे पात
मेहँदी रंग लागा
तेरी हरी-हरी चूड़ियाँ ...

ऐ तेरी मेहँदी विष्णु गोइयाँ
तेरे लक्ष्मी ने पीठे पात
मेहँदी रंग लागा
तेरी हरी-हरी चूड़ियाँ ...

ऐ तेरी मेहँदी शिव गोइयाँ
तेरे गौराँ ने पीठे पात
मेहँदी रंग लागा
तेरी हरी-हरी चूड़ियाँ ...

ऐ तेरी मेहँदी ध्यानू गोइयाँ
तेरी संगताँ ने पीठे पात
मेहँदी रंग लागा
तेरी हरी-हरी चूड़ियाँ ॥

—ध्यानू भगत

किस रंगेया दुपट्टा

किस रंगेया, किस रंगेया
दुपट्टा मैया तेरा, दुपट्टा मैया तेरा
ऐ गुलानारी किस रंगेया

ऐ दुपट्टा देख देवी-देव हँसदे
चन तारे वी देख-देख नचदे
मुहों बोलन जैकारा मैया तेरा
ऐ गुलानारी किस रंगेया

ए दुपट्टा तकदीर गरीबाँ दी
तार-तार बिचो झलक नसीबाँ दी
पार कर दा एह भक्ताँ दा बेड़ा
ए गुलानारी किस रंगेया

रब मैनूँ गोटा जे बनावंदा
लैके सुई मैं दुपट्टे नूं सजावंदा
कट जांदा चौरासी वाला फेरा
ऐ गुलानारी किस रंगेया

एक दुपट्टा ध्यानू जी दे मन भाया सी
घोड़े दाकटा शीश ओहने हंस के चढ़ाया सी
तेरे चरणाँ च ला लेया डेरा
ऐ गुलानारी किस रंगेया
किस रंगेया, किस रंगेया
दुपट्टा मैया तेरा
दुपट्टा मैया तेरा ...॥

—ध्यानू भगत

फुलाँ दा हार

फुलाँ दा बनाया तेरा हार शेराँवालिये
गोदी बिच बिठाके दे दे प्यार शेराँवालिये

ओ भक्त ध्यानूँ ध्यान तेरा लाया सी
कटे होये घोड़े दा माँ शीश मिलाया सी
शहनशाह दा तोड़ेया अहंकार शेराँवालिये

चंडी रूप धार के तू दुष्टाँ नूँ मारेया
श्रद्धा लेके आवे तू उसदा बेड़ा तारेया
सबनो लई खुला तेरा द्वारा शेराँवालिये

वाण-गंगा चरणा च ओदे वगदी
जोत ओदी नूर वाली जगमग जगदी
दूर कीता ओने आके जग दा अनेरा

अस्सू दी आई ऐ बहार शेराँवालिये
मिठी-मिठी रुतं वगे उड़ियाँ हवावाँ ने
सारेयाँ नूँ तेरा इन्तजार शेराँवालिये

तू वी दिलो जोर नाल जय माता दी बोल दे
बैके माँ दे कोल दिल वाले दुखड़े अपने फोल दे
सबनो लई खुला तेरा द्वार शेराँवालिये

जिन्नूँ तेरे नाम दा सहारा अम्बे मिल गया
टुटी होयी किश्ती दा किनारा ओनूँ मिल गया
मैंनूँ तेरे चरणाँ दा सहारा शेराँवालिये
गोदी बिच बिठा के दे दे प्यार शेराँवालिये

फुलाँ दा बनाया तेरा हार शेराँवालिये
गोदी बिच बिठाके दे दे प्यार शेराँवालिये ॥

मात मेरी पींघा झूटे

ओ झूटे सखियाँ नाल, मात मेरी पींघा झूटे
सावन दी रुत आई सुहानी, भवन ते बदलियाँ छाइयाँ
चिन्त पूरनी मात मेरी ने, सब नूँ चिट्ठियाँ पाइयाँ
धार के कंजकां रूप देवियाँ, उतर पहाड़ों आइयाँ

बौड़ाँ उते पींघा पाईयाँ, दाती बौडाँ वाली
बूटे-बूटे झूटे लैंदियाँ, कोई पींघ नहीं खाली
मस्त पवनिया पई झुलावे, पींग बनी हर डाली

लम्बे उच्चे झूटे झूटन, चढ़के पवन हुलारे
सूरज बदलाँ दे बिच लुकके, देखे खेल न्यारे
चन्न झरोखे बिचो झाके, माँ दी नजर उतारे

वर्षारुत विच बदल बनके, मैया सुख बरसाये
मेहराँ दे छिट्टे दे सबनूँ, दिल दी प्यास बुझाये
भर ले जोश दिलाँ दी चिन्ता, सबदे कष्ट मिटाये

चिन्तपूरनी मेरी मात, मात मेरी पींघा झूटे
झूटे काँगड़ेवाली मात, मात मेरी पींघा झूटे
झूटे नयना देवी, मात मेरी पींघा झूटे
झूटे चामुंडा मात, मात मेरी पींघा झूटे
झूटे कालका मात, मात मेरी पींगा झूटे
झूटे वैष्णो मात, मात मेरी पींघा झूटे
झूटे सखियाँ नाल, मात मेरी पींघा झूटे ॥

—चंचल

कठियाँ होके भैनाँ आइयाँ

पींघा झूटदियाँ जय हो
पींघा झूटदियाँ
झूटन वारो-वारी पींघा झूटदियाँ
सत्ते झूटन वारो-वारी
पींघा झूटदियाँ

कठियाँ होके भैनाँ आइयाँ
डोरा रेशम दीयां ल्याइयाँ
पींघा नाल बौढ़ दे पाइयाँ
झूटन वारो-वारी
पींघा झूटदियाँ

आ गई काँगड़े वाली माई
पहले झूटे पींघ चढ़ाई
झट हवा दे नाल मिलाई
झूटन वारो-वारी
पींघा झूटदियाँ

झूटा लैंदी माँ ज्वाला
जिसदी जोत दा तेज निराला
देखनवाला होये मतवाला
झूटन वारो-वारी
पींघा झूटदियाँ

वैष्णो माँ दी आ गयी वारी
देखन देवपुरी आई सारी
होवे फुलाँ दी बरखा भारी
झूटन वारो-वारी
पींघा झूटदियाँ

काली माता पींघ चढ़ावे
धरती थर-थर कंबदी जावे
पापी देख-देख घबरावे
झूटन वारो-वारी
पींघा झूटदियाँ

शीतला माँ ने खेल रचाये
बैठी पींघ ते ओह मुस्काये
सबनूँ ठंडे झोले आये
झूटन वारो-वारी
पींघा झूटदियाँ

नयना देवी होई दयाल
मस्ती भरे नयन कमाल
कट्टन दुख वाले जाल
झूटन वारो-वारी

चिन्ता पूरणी ने चूड़ा पाया
हो गया सुन्दर रूप सवाया
ओदी लिखी न जाये माया
झूटन वारो-वारी
पींघा झूटदियाँ

पींघा झूटदियाँ जय हो
सत्ते झूटन वारो-वारी
पींघा झूटदियाँ
जय हो, पींघा झूटदियाँ, जय हो!

झूला सतरंगिया

झूले आद-कँवारी झूला सतरंगिया
झूले मेहराँवाली झूला सतरंगिया
माँ बनके आई बहार, झूला सतरंगिया

रिमझिम-रिमझिम सावन बरसे
मोर पपीहे गांदे
देवी-देवता स्वर्ग लोक तों अज
फुल ने बरसांदे

लाल चुनरिया लाल है चोला
लाल हीरों की माला
लाल डोरी का लाल है झूला
झूल रही प्रतिपाला

ब्रह्मा विष्णु जय-जय बोलें
मन ही मन हरषायें
बम भोला जी डमरू बजाके
तांडव नृत्य दिखायें

भँवरे गुन-गुन राग हैं गायें
कोयल अम्ब की डाली
सखियों के संग झूला झूलें
मइया भोली-भाली

इस झूले को भक्ताँ ने आके
प्रीताँ नाल झुलाया
भक्ताँ ने अज चरण पकड़कर
माँ का ध्यान लगाया ॥

रंगी चुनरिया, तन रंगेया

रंगनवाली ने रंगीला मेरा मन रंगेया
नाले अन्दर रंगेया नाले बाहर रंगेया
नाले रंगी मेरी चुनरिया
नाले तन रंगेया

शेराँवाली दी जय हो, लाटाँवाली दी जय हो!
आद्यकुँवारी दी जय हो, वैष्णो देवी दी जय हो!
चिन्ता पूरनी दी जय हो, ज्वाला देवी दी जय हो!
मनसा देवी दी जय हो, काँगड़ेवाली दी जय हो!
रंगनवाली ने रंगीला मेरा मन ...

किसे धीयाँ-पुत्तर-वीर, तेरे कोलों धन मंगेया
मेरी जुड़ी रहे माँ तार, मैं ताँ एहो मंगेया
जैकारा बोलो ...

किसे दर्श मंगेया, ते किसे हर्ष मंगेया
मैं ताँ सदा लई माँ, तेरा ही सहारा मंगेया
जैकारा बोलो ...

किसे राज मंगेया, ते किसे पाट मंगेया
मैनूँ बुलाइयो साल दे साल, मैं ताँ एहो मंगेया
जैकारा बोलो ...

किसे तरना मंगेया, ते किसे किनारा मंगेया
मैनूँ रख चरणाँ दे नाल, मैं ताँ ऐहो मंगेया
जैकारा बोलो ...!

पत्ते-पत्ते विच मइया जी दा डेरा

पत्ते-पत्ते विच मइया जी दा डेरा
नी फुलाँ नूँ न तोड़ मालने
हर कली विच दाती दा बसेरा
नी फुलाँ नूँ न तोड़ मालने

मोतिये च माई देवा, गेंदे विच शारदा
कलियाँ विच काली बसे, गट्ठे बिच कालिका
है गुलाब विच गौरजाँ दा डेरा
नी फुलाँ नूँ न तोड़ मालने

चम्बे विच चामुंडा, फुलाँ बिच फुलाँरानी
अनार विच अम्बे, जिन्ह कैंदे कल्याणी ए
मैनूँ गुंद दे नी श्रद्धा वाला सेहरा
नी फुलाँ नूँ न तोड़ मालने

ओ गंगा ओदे चरणाँ विच करमाँ दी वगदी
जोत है नूर वाली, जल-थल जगदी
दूर कीता जिन्ने जग दा हनेरा
नी फुला नूँ न तोड़ मालने
पत्ते-पत्ते विच मइया जी दा डेरा ॥

डाली-डाली विच माँ वसदी

पत्ते-पत्ते विच शेराँवाली वसदी, फुल्लाँ नूँ न तोड़ मालने
डाली-डाली विच शेराँवाली वसदी, फुल्लाँ नूँ न तोड़ मालने

कलियाँ च वसदी ए काली महारानी जी
कटड़े च वसदी ए वैष्णो महारानी जी
जर्रे-जर्रे विच शेराँवाली वसदी, फुल्लाँ नूँ न तोड़ मालने

किथे चिन्तपुरनी किथे माँ ज्वाला ए
किथे नैनाँ देवी जग दी प्रतिपाला ए
तेरे चरणा च वाण गंगा वगदी, फुल्लाँ नूँ न तोड़ मालने

वाण-गंगा दा तेरा ठंडा पानी
जय-जय माता आद भवानी
कली-कली विच शेराँवाली वसदी, फुल्लाँ नूँ न तोड़ मालने

आद कुँवारी माँ दी देखी लीला न्यारी ए
गर्भ जून लंगी जांदे सब वारो वारी ए
तेरे चरणाँ च वाण गंगा वगदी, फुल्लाँ नूँ न तोड़ मालने

हाथी मत्थे दी माँ, ओखी चढ़ाई ए
शक्ति दे नाल चढ़ी शेराँवाली माई ए
तेरे चरणाँ च वाण गंगा वगदी, फुल्लाँ नूँ न तोड़ मालने

भैरों दी घाटी असी छुप-छुप लंगना
शक्ति दा दान माता तेरे कोलों मंगना
तेरे चरणाँ च वाण गंगा वगदी, फुल्लाँ नूँ न तोड़ मालने ॥

तेरे रंग विच खेलाँ होलियाँ

तेरे रंग विच खेलाँ होलियाँ
माँ, मेरा रंग दे बसन्ती चोला
लाल-लाल रंग दे सूआ-सूआ रंग दे
माँ, मेरा रंग दे बसन्ती चोला

देख के कलियाँ नूँ जगदम्बे
भँवरे होए दीवाने, भँवरे होए दीवाने
जुगाँ-जुगाँ तों तेरी जोत दे माता हाँ परवाने
कई बार मैं खोल सुनाए दिल दे माँ अफसाने
अपना रंग चढ़ा दे, जय हो
सानूँ खैर माँ पादे, जय हो
तेरे दर उत्ते आईयाँ टोलियाँ
माँ मेरा रंग दे बसन्ती चोला

सच्चियाँ जोताँवालिए माता
भगताँ नूँ दे-दे लाली
भगताँ नूँ दे-दे लाली
तेरी मेहर दी उड रही
चारों ओर गुलाली

तेरे रंग विच खेलाँ होलियाँ
माँ, मेरा रंग दे बसन्ती चोला
लाल-लाल रंग दे सूआ-सूआ रंग दे
माँ, मेरा बसन्ती चोला ॥

रखड़ी दी खुशियाँ मनावाँ

मैं वी रखड़ी दी खुशियाँ मनावाँ
इक वीर दे दे दातिए
तेरा लख-लख शुक्र मनावाँ
इक वीर दे दे दातिए

जदों-जदों रखड़ी दी रुत सोणी आन्दी ए
मुँह मोड़ बुए अगों साडे लंग जान्दी ए
घुट सबराँ दे मुँह नाल लावाँ
इक वीर दे दे दातिए

सूना-सूना सधराँ दा वेड़ा मैनूँ लगे माँ
साडे वी ताँ घर विच इक जोत जगे माँ
जिदे चानन विच किकली मैं पावाँ
इक वीर दे दे दातिए

वीराँ नाल भैनाँ दी कदर ए जहान ते
चाँद बिना तारे जिवें होन असमान ते
मैं वी भाभी कह के किसे नूँ बुलावाँ
इक वीर दे दे दातिए

माँ होके धीयाँ वाले दुखड़े न जाने तूँ
दे दे इक वीर, होर करीं ना बहाने तूँ
तेरे दर उत्ते तरले मैं पावाँ
इक वीर दे दे दातिए

कोई भैन वीर बाझों खाली कदी होवे ना
रखड़ी दे दिन मजबूर कदी रोवे ना
भैन सजदी ए नाल भरावाँ
इक वीर दे दे दातिए
मैं वी रखड़ी दी खुशियाँ मनावाँ दातिए ॥

मेरी माँ ने आना

खुशियाँ मनाओ सारे खुशियाँ मनाओ
भंगड़े पाओ, सारे भंगड़े पाओ
हर कोई एहो बोले ...

मेरी माँ ने आना
सबने सुच्चे कपड़े पाए
मेवे दे नाल थाल सजाए
भगताँ दे मन डोले
मेरी माँ ने आना

हलवा-पूरी दा भोग लगाओ
रज-रज माँ दे दर्शन पाओ
भगताँ दे मन डोले
मेरी माँ ने आना

चारों पासे फुल बरसाओ
पता नहीं माँ किदरों आवे
इदरों आवें ओदरों आवे
चारों द्वारे खोलो
मेरी माँ ने आना

माँ अपनी नूँ मैं कित्थे बिठावाँ
माँ अपनी तों मैं सदके जावाँ
सदके जावाँ, वारी जावाँ
हृदय दे पट खोलो
मेरी माँ ने आना ॥

जे मैं होंदा मोर दातिये

जे मैं होंदा दातिये
मोर तेरे बागाँ दा
तेरे बागाँ पैलाँ पांदा
तैनूँ नच के दिखांदा
तेरे रज-रज दर्शन पांदा, पांदा

जे मैं होंदा दातिये
मोर तेरे बागाँ दा
छम-छम नचदा तेरे वेडे
हर दम रैहंदा तेरे नेडे

जे मैं होंदा दातिये
फुल तेरे बागाँ दा
तेरी माला बिच लग जांदा
मेरा अंग-अंग मुस्कांदा
तेरे रज-रज दर्शन पांदा, पांदा

जे मैं होंदा दातिये
फुल तेरे बागाँ दा
तेरे चरणाँ तों बलिहारी
वार दयाँ मैं खुशबू सारी

जे मैं होंदा दातिये
बोड़ तेरे मंदराँ दा
झूले कंजकाँ नूँ झुलादाँ
अपनी छाँ दे बिच बिठांदा
तेरे रज-रज दर्शन पांदा, पांदा
जे मैं होंदा मोर तेरे बागाँ दा ...

आंदे भगत माँ तेरे द्वारे
रज-रज लैंदे दर्शन सारे
जे मैं होंदा दातिये
पत्थर तेरी गुफा दा
चरणाँ भगताँ दे लग जांदा
तेरी जै-जैकार बुला दाँ
तेरे रज-रज दर्शन पांदा, पांदा
जे मैं होंदा दातिये मोर तेरे बागाँ दा ...

भगत तेरे माँ आंदे जांदे
दाती तेरा नाम ध्यांदे
जे मैं होंदा दातिये
नीर तेरी गंगा दा
सब दे पाप मैं झोली पांदा
'चंचल' मन निर्मल हो जांदा
नी मैं रज-रज दर्शन पांदा, पांदा

जे मैं होंदा दातिये
मोर तेरे बागाँ दा!

—चंचल

मेरी माँ ने रेल चलाई

तुसीं टिकटाँ लैलो जी, गड्डी दूरों चल के आई
तुसीं सारे बै जाओ जी, मेरी माँ ने रेल चलाई
माँ मेरी ए टिकटाँ देवे, देवे मोहर लगाके

लाइन क्लीयर कर देन्दी ए, माया तों छुड़वा के
गड्डी तुर पैन्दी ए, अमरपुरी वल भाई
तुसीं टिकटाँ लैलो जी, गड्डी दूरों चल के आई

इस गड्डी विच जो कोई चढ़दा, सीट रिजर्व कराके
जनम-मरण तों ओ छुट जान्दा, इस गड्डी विच आके
मइया जी ओदे अंग-संग होन सहाई
तुसीं टिकटाँ लैलो जी, गड्डी दूरों चल के आई

इस गड्डी दा सफर अनोखा, जरा वी जी नहीं अकदा
अखाँ अगे आवन मईया जी, देख-देख दिल न रजदा
संगताँ मईया नाम दी जोत जगाई
तुसीं टिकटाँ लैलो जी, गड्डी दूरों चल के आई

इस गड्डी दियाँ अजब बहाराँ, की की सिफताँ गाइए
फर्स्ट-सैकेन्ड क्लास दा डिब्बा, कोई कित्थे ना पाइए
भावें चढ़ जावे जी, इस रेल च कोई
तुसीं टिकटाँ लैलो जी, गड्डी दूरों चल के आई

उठो बहनों गड्डी फड़ लो, कोई मुल नहीं लगदा
ना कोई टीटी, ना कोई चैकर न कोई राह विच फड़दा
दासी सच कहन्दी ए, मेरी माँ ने मौज बनाई
तुसीं टिकटाँ लैलो जी, गड्डी दूरों चल के आई ॥

पचरंग चोला

मैया पचरंग चोलयाँ वालिये
तेरे गल पुष्पा दे हार
तेरा मालन गुंद लाई सेहरा
उस सेहरे दी लड़ियाँ चार

तेरा चम्पा ते भडवा केवड़ा
तेरी खिली रहे गुलजार
मैया पचरंग चोलयाँ वालिये

तेरा ब्रह्मा ते विष्णु यश गांवदे
तेरी हो रही जै जैकार
मैया पचरंग चोलयाँ वालिये

तेरा ध्यानूँ भगत यश गांवदा
ओने शीश दी भेट चढ़ा
मैया पचरंग चोलयाँ वालिये

तेरा ऊँचा शहर मैया काँगड़ा
और नीचे बहे दरिया
मैया पचरंग चोलयाँ वालिये

मैया नंगे-नंगे पैर अकबर आ गया
ओने सोने दा छतर चढ़ाया
मैया पचरंग चोलयाँ वालिये

मैया मांवा नूँ बचड़े दे दिये
देवे बहना नूँ वीर मिला
मैया पचरंग चोलयाँ वालिये

मैया दूरों-दूरों संगताँ आ गइयाँ
ओहना मैया दी जै-जै बुला
मैया पचरंग चोलयाँ वालिये
तेरे गल पुष्पा दे हार ॥

—ध्यानू भगत

जित्थे माँ दी जोत जगदी

ओ घर है भागाँ वाला
जित्थे माँ दी जोत जगदी
जोत जगदी बड़ी प्यारी लगदी
ओ घर है कर्मां वाला

जो निशदिन माँ दी जोत जगावे
माँ उसदे घर फेरा पावे
ओदा खुल जान्दा भाग दा ताला
जित्थे माँ दी जोत जगदी

जिस घर माँ दा मन्दिर सजाया
दुख-दरिद्र ओदे घर विचों नसाया
ओदा जनम सफल हो जान्दा
जित्थे माँ दी जोत जगदी

जो जन माँ दी शरणीं आन्दे
मंगियाँ मुरादाँ शेराँवाली कोलों पान्दे
मैया भर दी ए झोली खाली
जित्थे माँ दी जोत जगदी
ओ घर है भागाँ वाला
जित्थे माँ दी जोत जगदी।

बधाई

जी करदा मेरा दातिये जै हो, जै हो
जी करदा मेरा दातिये
मैं नच-नच खुशियाँ मनावाँ
पैरां बिच पाके घुँघरू मैं
जोगन बन जावाँ
जै हो, जै हो
मसाँ-मसाँ भागाँ वाली अज रात आई ऐ
पूरी मेरी आस अज कीती महामाई ऐ
क्यों न अपने मैं सबनूँ अज नचावाँ
पैराँ बिच पाके घुँघरू

वेड़े बिच अज मेरे बज्जियाँ शहनाईयाँ ने
वारों-वारी संगताँ ने दीतियाँ बधाईयाँ ने
देख के लगीयाँ रौंनकाँ दिल दियाँ रीझाँ लावाँ
पैराँ बिच पाके घुँघरू

शेराँवाली आप आई, घर मेरे चल्ल के
कैंहन्दा मजबूर पायीं, खैर झोली भर के
चरण धूल मैं मैया दी, मत्थे उत्ते लावाँ
पैराँ बिच पाके घुँघरू

मैं नच-नच खुशियाँ मनावाँ
पैराँ बिच पाके घुँघरू मैं जोगन बन जावाँ
जैकारा शेराँवाली दा, जैकारा झंडेयाँ वाली दा
जैकारा महामाई दा, जैकारा सच्चियाँ ज्योंताँ वाली दा
जैकारा उच्चियाँ पहाड़ाँ वाली दा, जैकारा भवनाँ वाली दा
जैकारा वैष्णो रानी दा।

चतुर्थ परिक्रमा

नानी-दादी का आराधन सन्दूकचा

श्रीत्रेण श्रवणं तस्य कीर्तनं तथा।
मनसः मननं तस्य महासाधनमुच्यस्ते ॥

कानों से भगवान के नाम, गुण और लीलाओं का श्रवण, वाणी से उनका कीर्तन और मन से उनका मनन इन तीनों को महान साधन कहा गया है।

—शिवपुराण

श्री सूर्य देव

भजो सूरज देव कलाधारी
थारी सहस्त्रभुजा प्रभु न्यारी-न्यारी

किसयों के घर जन्म लिया है
तो किसयों के तुम अधिकारी
मथुरा में मैंने जन्म लिया है
तो गोकुल के हम अधिकारी

उठो-उठो मात यशोदा, खोलो ना किवाड़
तो बाहर खड़े हैं, तुम्हारे बनवारी
उठो-उठो मात यशोदा, आँगन बुहारो
तो बैठन आए, तुम्हारे कूड़ाहारी

उठो-उठो मात यशोदा, दही बिलोओ
तो बाहर खड़े हैं, तुम्हारे छाछिहारी
उठो-उठो मात यशोदा, तपो ए रसोई
तो जीमन आवे, तेरे बनवारी

उठो-उठो राधा रुकमण, सेज बिछाओ
तो शयन करेंगे, तुम्हारे गिरधारी
ब्रह्माजी के पुत्र ब्रह्मचारी
भजो सूरज देव कलाधारी
थारी सहस्त्र भुजा न्यारी-न्यारी
थारी सहस्त्र किरण लागे बड़ी प्यारी ॥

श्री गोवर्धन जी

श्री गोवर्धन महाराज, महाराज
तेरे माथे मुकुट विराजे
तो पे पान चढ़े
तो पे फूल चढ़े
और चढ़े दूध की धार
ओ धार
तेरे माथे मुकुट ...

तेरे कानन में कुंडल सोहे
तेरे गले बैजन्ती माल
तेरी सात कोस की परिकम्मा
तेरी दे रहे नर और नार
तेरे माथे मुकुट ...

तेरे जतीपुरा में
दूध चढ़त है
तेरी हो रही जय-जयकार
तेरे माथे मुकुट ...

तेरे चरणों में
मानसी गंगा बहे

तेरी माया अपरम्पार
तेरे माथे मुकुट ...

ब्रजमंडल जब डूबत देखा
ग्वाल-बाल जब व्याकुल देखे
लिया नख पर गिरधर धार
तेरे माथे मुकुट ...

वृन्दावन की
कुंज गली में
वो तो खेल रहौ नन्दलाल
तेरे माथे मुकुट ...

'चन्द्र सखी' भज बाल कृष्ण छवि
तेरे चरणों पै बलिहार
तेरे माथे मुकुट विराजे ॥

सुन यमुना मइया

तेरी लहर मन भायी
सुन यमुना मइया

गोरे-गोरे माथे पर
चौड़ी-चौड़ी बिन्दिया
लगावत मैं शरमायी
सुन यमुना मइया

गोरी-गोरी बइयाँ में
हरी-हरी चूड़ियाँ
पहनत मैं शरमायी
सुन यमुना मइया

छोटी-छोटी उँगली में
बड़े-बड़े बिछुए
पहनत मैं शरमायी
सुन यमुना मइया

मोतीचूर मगध के लड्डू
खावत
मैं शरमायी
सुन यमुना मइया

गोरे-गोरे तन पर
लाल साड़ी, गुच्छा
देख शरमायी
सुन यमुना मइया ॥

जमुना महारानी

नहीं डटने की रे महारानी
नहीं पटने की रे महारानी
ले जा श्री कृष्ण का जोड़ा
जमुना नहीं डटने की रे महारानी

आले गीले दरख्त कटाये
उनका पुल बँधवाया रे
पुल तोड़कर निकली जमुना
उनका पता लगाया जमुना

दूर कलकत्ते से आई फिरकिया
धरी फिरकिया के डेरे रे
एक कहा मेरा मान फिरकिया
जमुना को मत छेड़े रे

साधु-सन्त मैया तेरा यश गावें
जय जमुना जयकारा रे
नहाए-धोए से पाप-कटत हैं
दर्शन से निस्तारा

जमुना नहीं डटने की रे महारानी
नहीं पटने की रे महारानी
ले जा श्रीकृष्ण का जोड़ा
जमुना नहीं डटने की रे महारानी ॥

हर-हर गंगे

हर-हर गंगा लहर तिरंगा
तेरी लहर तेरा शीतल चंगा।
हर-हर गंगे।

गंगा के धोरे बोऊँगी आदा
तो बार-बार वासुदेव-सा बाबा।
हर-हर गंगे।

गंगा के धोरे बोऊँगी हीरा
तो बार-बार कन्हैया-सा बीरा।
हर-हर गंगे।

गंगा के धोरे बोऊँगी झाबी
तो बार-बार सीता-सी भाभी।
हर-हर गंगे।

गंगा के धोरे बोऊँगी राई
तो बार-बार यशोदा-सी माई।
हर-हर गंगे।

गंगा के धोरे बोऊँगी केसर
तो बार-बार लक्ष्मण-सा देवर।
हर-हर गंगे।

गंगा के धोरे बोऊँगी पेठा
तो बार-बार मेरा बेटा-पोता।
हर-हर गंगे।

गंगा के धोरे बोऊँगी इदा
तो बार-बार मेरा चालेगा दीदा।
हर-हर गंगे।

गंगा के धोरे बोऊँगी डोडा
तो बार-बार मेरा चालेगा गोडा।
हर-हर गंगे।

गंगा के धोरे बोऊँगी माया
तो बार-बार मेरी चालेगी काया।
हर-हर गंगे।

गंगा के धोरे बोऊँगी वैंणा
तो बार-बार मेरी चलेंगी नैना।
हर-हर गंगे।

जब दिखा गंगाजी का खम्बा
तो भूल गई मैं घर का धन्धा।
हर-हर गंगे।

जब दीखी गंगाजी की पैड़ी
तो भूल गई मैं छज्जा मैड़ी।
हर-हर गंगे।

जब दीखी गंगाजी की रेती
तो भूल गई मैं बहू-बेटी।
हर-हर गंगे।

जब दीखी गंगाजी की धारा
तो पाप कटे मेरे जीवन का सारा।
हर-हर गंगे।

गंगा माई मैं तेरे कारण आई
स्नान-ध्यान करती, प्रभात नाम लेती।
हर-हर गंगे।

गंगा जी का निर्मल नीर
न्हाया-धोया हुआ शरीर।
हर-हर गंगे।

गंगा टूटी बारम्बार
पीहर-सासरा सब परिवार।
हर-हर गंगे।

गंगा टूटी बारम्बार
भाई-भतीजे सब परिवार।
हर-हर गंगे।

गंगा टूटी बारम्बार
बेटे-पोते सब परिवार।
हर-हर गंगे।
हर-हर गंगे। प्रभु, हर-हर गंगे!

गंगे महारानी

मेरा कर दो बेड़ा पार
तुम कर दो बेड़ा पार
गंगे महारानी!

पत्थर फोड़ गऊ मुख निकली
कोई शिव की जटा में समायी
गंगे महारानी!

एक धार आकाश को गयी
दूजी गयी पाताल
गंगे महारानी!

इधर से गंगा, उधर से यमुना
संगम हुआ अपार
गंगे महारानी!

न्हाये-धोये से पाप कटेंगे
तो पीने से उद्धार
गंगे महारानी!

पान चढ़े तो पे, फूल चढ़े तो पे
चढ़े दूध की धार
गंगे महारानी!

ध्वजा, नारियल, पान, सुपारी
तेरी कोई भेंट चढ़ाये
गंगे महारानी!

साधु-सन्त तेरी करें आरती
हो रही जय-जयकार
गंगे महारानी!

दूर-दूर से आये यात्री
चरणों में शीश नवायें
गंगे महारानी!

मेरा कर दो बेड़ा पार
तुम कर दो बेड़ा पार
गंगे महारानी!

चरण बलिहारी, गंगे

हाँ-हाँ री गंगे चरण बलिहारी
जब तुम स्वर्गलोक से आई
शिव ने अपनी जटा बढ़ाई
मुनियों ने स्तुति गाई
चरण-कमल बलिहारी।

भगीरथ तेरा यश गावें
जप-तप करके तुम्हें मनावें
तेरे चरणों में शीश नवायें
हाथ जोड़कर शीश नवायें
वेद पढ़े ब्रह्मचारी गंगे
हाँ-हाँ री गंगे चरण बलिहारी।

तेरे चरणों में पड़े हैं
यहीं छोटे यहीं बड़े हुए हैं
मुक्ति करो हमारी
हाँ-हाँ री गंगे चरण बलिहारी।

पेड़ों में बसे भगवान

किन तैने पीपल देवता बोइयो हो राम
किन तेरी बाँधी है पाल पीपल देवता, सारे शहर में
ब्रह्मा तुम बड़े हो राम, ब्रह्मा तुम बड़े हो राम।

आप कृष्ण जी पीपल बोइयो हो राम
राधा-रुकमण बाँधी है पाल,
ब्रह्मा देवता, सारे ...

काँये से पीपल सींचियो हो राम
दूध-दही से पीपल सींचियो हो राम
घी-गुड़ बाँधी है पाल पीपल देवता, सारे ...

डाली तो डाली देई देवता हो राम
पेड़ों में बसे भगवान पीपल देवता, सारे ...
गले में जनेऊ पीला पाटका हो राम
असली ब्राह्मण का पूत पीपल देवता, सारे ...

पीपल तो सींचेगी जो सखी हो राम
रक्खेंगी कुल की लाज पीपल देवता, सारे ...
बाली गावें घर वर पावें
तरणीपुत्र तो खिलाए पीपल देवता, सारे ...

बूढ़ी तो गावें गंगा-जमुना नहाइये हो राम
स्वर्ग पालकी जाएँ पीपल देवता, सारे शहर में
ब्रह्मा तुम बड़े हो राम, सारे ...

श्री तुलसा माँ नमो-नमो

तुलसा महारानी नमो-नमो
हर की पटरानी नमो-नमो।

कौन से महीने में बोई रानी तुलसा
तो कौन से महीने में हुई हरियाली।
आसाढ़ के महीने में बोई रानी तुलसा
तो सावन मास हुई हरियाली नमो-नमो।

कार्तिक के महीने में हुई मेरी पूजा
तो मगसिर मास हुई पटरानी नमो-नमो।

धूप-दीप नैवेद्य आरती
तो पुष्पन की बरसा बरसानी नमो-नमो।
छप्पन भोग छत्तीसो व्यंजन
तो बिन तुलसा हर एक न मानी नमो-नमो।

जो कोई तुलसा को सवेरे गाए
तो श्री कृष्ण के दर्शन पाए।
जो कोई तुलसा को दोपहर को गाए
तो खीर-खांड के भोग लगाए।
जो कोई तुलसा को साँझ को गाए
तो श्री कृष्ण जी को आरती उतारे।
जो कोई तुलसा आधी रात को गाए
तो श्री कृष्णजी के चरण दबाए।
तुलसा महारानी नमो-नमो
हर की पटरानी नमो-नमो ॥

श्री तुलसी जी

नमो-नमो तुलसी महारानी
नमो-नमो हरि की पटरानी
जाके दरस-परस अघ* नासे
महिमा वेद पुराण बखानी

साखा-पत्र मञ्जरी कोमल
श्रीपति चरण-कमल लिपटानी
धन्य तुलसी पूरण तप कीन्हा
सालिग्राम भई मनभानी

शिव-सनकादिक अरु ब्रह्मादिक
खोजत फिरत महामुनि ज्ञानी
छप्पन भोग धरे हरि आगे
बिनु तुलसी प्रभु एक न मानी

धूप-दीप-नैवेद्य-आरती
पुष्पन की वरषा बरसानी
प्रेम-प्रीत कर हरि वश कीन्हे
साँवरी सूरत हृदय समानी
मीरा के प्रभु गिरधर नागर
भक्ति दान दीजे महारानी ॥

*पाप

गौ माता

अरी गौ माता रोवे
खड़ी तबेले में
जिस दिन से मैं तेरे घर आई
खल की सानी कभी ना खाई
अरी मैंने दूध पिलाया
भर-भर के वेले में
अरी गौ माता रोवे
खड़ी तबेले में

इतने तो मैंने बछड़े जाये
हल खेती के काम भी आये
अरी मैंने माल ढुवाया
भर-भर के ठेले में
अरी गौ माता रोवे
खड़ी तबेले में

एक कसाई तेरे घर पर आया
तेरे हाथ पर रख गया साई
अरे मत बेचे अधर्मी
एक ही धेले में
अरी गौ माता रोवे
खड़ी तबेले में

एक गऊ तुझे पड़ गई भारी
कहाँ गए मेरे कृष्ण मुरारी
अरे नौ लाख चराई
कृष्ण अकेले ने
अरी गौ माता रोवे
खड़ी तबेले में ॥

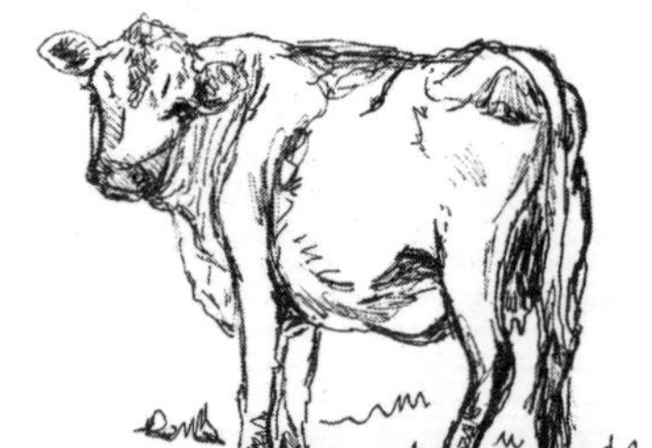

पथवारी

पथवारी तू पथ की है रानी
भूल्या न बाट बताव
रानी भूल्या न बाट बिछेड़या ने मेलो
बिछड़्या न ल्यान मिलाव

पथवारी तुझे सींचे धरती माता
जो इन्द्र घर आए
पथवारी तुझे सींचे ऋद्धि-सिद्धि
जो विन्दायक बाबा घर आए

पथवारी तुझे सींचे राणा
जो सूरज घर आए
पथवारी तुझे सींचे गवंतरी
जो नान्धोई घर आए
पथवारी तुझे सींचे जवंतरी
जो चान्दयो घर आए

पथवारी तुझे सींचे पार्वती
जो महादेव घर आए
पथवारी तुझे सींचे लक्ष्मी माता
जो विष्णु घर आए

पथवारी तुझे सींचे सीता माता
जो रामचन्द्र घर आए

पथवारी तुझे सींचे राधा रुकमण
जो कृष्ण घर आए

पथवारी तुझे सींचे तुलसा माता
जो सालिग्राम घर आए
पथवारी तुझे सींचे गौरा
जो ईश्वर घर आए

पथवारी तुझे सींचे सबीरी
जो बीरा घर आए
पथवारी तुझे सींचे सपूती
जो पुत्र घर आए

पथवारी तुझे सींचे सुहागन
जो साहेब घर आए
तेरो साहेब आवै
निधल्यावे, मन इच्छा फल पावे
पथवारी सींचू, बाट मिलाऊँ
मंगल गाऊँ, दिवला* जोऊँ ॥

*दीया

खिड़की

खिड़की खोल के देखूँ
सतगुरु प्यारे से मिलन कैसे होये?
खिड़की तो सातों बन्द पड़ी।

रामा पहली खिड़की खोल के देखूँ
उसमें काँट-बबूल।
मुझसे इतना ना होये भगवान
झाड़ू तो यामें दे के चलूँ।

रामा दूजी खिड़की खोल के देखूँ
उसमें गंगा-जमुना।
मुझसे इतना ना होये भगवान
गोता तो यामें मार चलूँ।

रामा तीजी खिड़की खोल के देखूँ
उसमें भोले बाबा।
मुझसे इतना ना होये भगवान
पूजा तो याकी करके चलूँ।

रामा चौथी खिड़की खोल के देखूँ
उसमें श्री भगवान।
मुझसे इतना ना होये भगवान
दर्शन तो याके करके चलूँ।

रामा पाँचवीं खिड़की खोल के देखूँ
उसमें गुरु भगवान।
मुझसे इतना ना होये भगवान
ज्ञान तो इनसे ले के चलूँ॥

रामा छठी खिड़की खोल के देखूँ
उसमें घोर अँधेरा।
मुझसे इतना ना होये भगवान
दिवला तो यहाँ चास चलूँ।

रामा सातवीं खिड़की खोल के देखूँ
उसमें कपिला गाय।
मुझसे इतना ना होये भगवान
सेवा तो इसकी करके चलूँ॥

चौबारा

धरती माता का चुनियो चौबारा
चाँद और सूरज का चुनियो चौबारा

सीता-राम का चुनियो चौबारा
महादेव-पार्वती का चुनियो चौबारा

विष्णु-लक्ष्मी का चुनियो चौबारा
राधा-रुकमण का चुनियो चौबारा

तुलसा-पथवारी का चुनियो चौबारा
गंगा-जमुना का चुनियो चौबारा

अपनी काया का, अपने दीदे-गोड़ों का चुनियो चौबारा
बेटे-पोतों का, भाई-भतीजों का चुनियो चौबारा

दीह-जँवाई का, अगड-पड़ोसन का चुनियो चौबारा
गली-मोहल्ले का, राम-श्याम का चुनियो चौबारा

नौ लाख तारों का चुनियो चौबारा
तैंतीस करोड़ देवी-देवताओं का चुनियो चौबारा ॥

रसोई

उठो रानी रुकमण तपो ए रसोई
हमसे उठाए न जाए
हमारा अंग पसीजे
तुम्हारा अंग पसीजे
स्नान करो जी
स्नान करे ते हमारा कानुंडो सा दुख
तुम्हारा कानुंडो-सा दीखे
झाड़ पर्दा दीवावो
झट से उठी रानी राधिका
न्हाई-धोई
करने चली है रसोई।

हर का चौका बुहारी दीनी
कुम्भ कलश भर लाई।
हर का दाल राँधा भात राँधा
परवल की तरकारी
हर का जीमो देई-देवता
मन चित्त लाई।
हर का जीमो महादेव-पार्वती
मन चित्त लाई।
हर का जीमो विष्णु-लक्ष्मी
मन चित्त लाई।
हर का जीमो तुलसा-पथवारी
मन चित्त लाई।
हर का जीमो गंगा-जमुना
मन चित्त लाई।

हर का जीमो राम और लक्ष्मण
मन चित्त लाई।
हर का जीमो छत्तिस करोड़ देई-देवता
मन चित्त लाई।

राधा माँग न होय सो माँग
हमारे मन भाई।
अन्न-धन लक्ष्मी हमारे बहुत
कहो जी कुछ माँगा।
पीहर-सासरा हमारे बहुत
कहो जी कुछ माँगा।
भाई-भतीजे हमारे बहुत
कहो जी कुछ माँगा।
बेटे-पोते हमारे बहुत
कहो जी कुछ माँगा।
साई-सेती हमारे राज
कहो जी कुछ माँगा।

एक महीना कार्तिक डोरो
हर संग नहाऊँ, कृष्ण संग नहाऊँ।
कार्तिक पोखर नहावा
बैकुंठा वासो पावा।
भलो माँगा हमारी दुश्मन
दियो ए ना जाए जी।
हमारी माथे की बिन्दी
हमसे दियो ए ना जाए जी।

हमारा हीवडोरा हार
हमसे दियो ए ना जाए जी।
हमारे हाथों की चूड़ी
हमसे दियो ए ना जाए जी।
हमारे पैरों की पायल, बिछुए
हमसे दियो ए ना जाए जी।

हर जी चले हैं द्वारका
राधा का डोला साथ जी।
रुकमण खड़ी है महल में
मन पछताए जी।

सुखिया सब कोई रहियो बहना
इस युग में आय के।
दुखिया कोई मत हुइयो बहना
इस युग में आय के।
सुखियो हुई रानी राधिका
हरि संग नहावे, कृष्ण संग नहावे ॥

हर की थाली

कार्तिक डारो मगन महीना
तो गाओ न किशन
हर की थाली-थाली
हो राम!

राम जी को नौतन
राधिका चली है
तो, ओढ़ कसुम बल
साड़ी-साड़ी
हो राम!

धोला चावल फटक कर राँध्या
तो, मूँगा की दाल हरी-हरी।
सुरभी गऊ का घिरत मँगाया
तो, भांय भिरचा की तली-तली
हो राम!

भुरही भैंस का दही जमाया
तो, मोय माखन की डली-डली।
पापड़-पूड़ी कैर करेला
तो, और चूलाँ की फली-फली
हो राम!

गढ़-मथुरा से थाल मँगाया
तो, जीमो कृष्ण हर की रली-रली
हो राम!

मात कौशल्या ने थाल परोसा
तो, भोग लगाओ कृष्ण हरी-हरी
हो राम!

चन्द्रावल हर की चलुए करावे
तो, हाथ सोने की झारी-झारी।
बहन यशोधरा चुटकी बजाये
तो, आँगन भीतर खड़ी-खड़ी
हो राम!

सोन चिड़ी हर का सगुन मनावे
तो, बैठे अम्बे की डाली-डाली
जो कोई राम जी की थाली गावे
तो, लख चौरासी टली-टली
हो राम!

हम गावाँ हमारा रामजी ने लाड लडावा
तो, पूरन मन की रली-रली
हो राम!

बाली गावे घर-वर पावे
तो, तरणी पुत्र खिलावे हरी-हरी
हो राम।

बूढ़े गावें, गंगा-जमुना न्हावें
तो, स्वर्ण पालकी आवे हरी-हरी
हो राम!

दातुन

हे हर जी
माँग रही वर चार
रुकमण हठीली
दातुन ना दयी
हे माँ मेरी
हम लावे गंगा जल नीर
दातुन लावे हरिहर झाल की

हे बेटा ये दातुन
रुकमण को दो म्हारी
तो दातुन
हर के संग गई

हे माँ मेरी कहो तो
देंगे बिडार
कहो तो
भेज धन के बाप के

हे बेटा
काहे को दोगे बिडार
काहे को भेजो
धन के बाप के

हे माँ मेरी दुख में
तो देंगे बिडार
सुख में तो भेजे
धन के बाप के

हे रुकमण उठो ना
करो ना शृंगार
बिरद उठाई थारे बाप के
हे हर जी झूठ से
झूठ ना बोलो
सावन-भादों कैसे बिरद नी

हे रुकमण उठो ना
करो ना शृंगार
बेटा तो
जाया थारी भावजी

हे हर जी अब के तो
साँचे है बोल
आशा तो
कहिये बड़ी भावजी

हे माँ मेरी लाओ ना तीनों हथियार
पाँचों तो लाओ म्हारे कापड़े
हे बेटा क्या रे करोगे हथियार
क्या रे करोगे पाँचों कापड़े
हे माँ मेरी साथ चलेंगे हथियार
पहन चलेंगे पाँचों कापड़े

हे हर जी आप घोड़े असवार
रुकमण का डोला हर ने संग लिया
हे हर जी चाले है आधी सी रात
दिन निकाला ठंडे बड़ तले

हे रुकमण सो गई चूँदड तान
हर जी ने घोड़ा अपना मोड़ लिया

हे हर जी कौन म्हारे माइल बाप
कौन भरोसे छोड़ी बड़ तले

हे रुकमण बड़ थारो माइल बाप
राम भरोसे छोड़ी बड़ तले
हे हर जी कर जाओ कँवल करार
फिर कब आओ म्हारे पावने

हे रुकमण चैत में चिन्ता का बास
बैसाख में टेसू फूल रहे
हे रुकमण जेठ में जेठूड़ा भराव
आषाढ़ में चौमासा बैरी लग रहा

हे रुकमण सावन में बरसेंगे मेह
भादों में बादल बिजली कड़क रहे
हे रुकमण असोज में पितर सँजोये
कार्तिक में गंगा जी का नहान है

हे रुकमण मंगसिर में माँग भरावे
पौ में जाड़ा बैरी पड़ रहा
हे रुकमण माघ में धरती पे सोवना
फाल्गुन में सखियाँ होली खेलती

हे हर जी हो गए बारह मास
फिर कब आओ म्हारे पावने
हे हर जी आये हैं महला के बीच
मात यशोदा बैठी आमन धूमनी

हे माँ मेरी काहे बिन घोर अँधेरे
काहे बिन आँगन लागे भिन-भिना

हे बेटा बहू बिन घोर अँधेर
बालक बिना आँगन लागे भिन-भिना

हे हर जी चाले है आधी सी रात
दिन उपाया धन के बाप के
हे हर जी कातू थी लम्बे-लम्बे तार
हर जी तो आए म्हारे पावने
हे माँ मेरी ऊपर से नीचे उतर आओ
रतन जमाई आए तेरे पावने

हे बेटी झूठ से झूठ ना बोल
वे परदेसी किसके पावने
हे बेटी साँचे तो बोले है बोल
काले तो पीले तम्बू तन रहे

हे बेटी राधो ना हरड़ की दाल चने के तो
पोदो हर ने टिकड़े
हे माँ मेरी हरड़ तो खावे गँवार
चने तो खावे हर के घड़ले

हे माँ मेरी राँधूँनी मूँगा धोई दाल
चावल राँधूँ हर ने उजले
हे माँ मेरी तीवन तीस बत्तीस माँडे तो
पोऊँ हर ने रिमझिमे

हे माँ मेरी बूरा की रेल में पेल थी
बरताऊँ हर ने टोकनी
हे माँ मेरी शेख पूरे का है थाल बोजा
तो पूर का हर ने बीजना

हे माँ मेरी जीमेंगे कन्त जीमावे नार
हँस-हँस दूँगी हर ने उलहना

रे हर जी वे दिन कट लो ना बाद सूती
तो छोड़ी ठंडे बड़ तले

हे रुकमण वे दिन पाछे ने डाल मान
तो राखा बुढ़िया माय का
हे हर जी चाले है आधी सी रात
दिन उपाया अपने देश में

हे माँ मेरी खोलो ना चन्दन किवाड़
साँकल तो खोलो लोहे साल की
हे बेटा खुल गए चन्दन किवाड़
साँकल खुल गई लोहे साल की

हे माँ मेरी ऊपर से नीचे उतर आओ
पाय पड़ेगी थारी कुलबहू
हे बेटा तुम जीयो लाख करोड़ साल
पैरा पड़ेगी अपनी माय के
हे माँ मेरी ऐसे तो बोल ना बोल
पैरा पड़ेगी सासू-ननद के

हे माँ मेरी ये धन जनमेगी धी
लाड़ जमाई आवे पावने
हे माँ मेरी ये धन जनमेगी पूत
बेल बढ़ेगी म्हारे बाप की
हे बहना ऊपर से नीचे उतर आओ
पैरा पड़ेगी थारी भावजी
हे वीरा तुम जीओ लाख करोड़ साल
सर्व सुहागन म्हारी भावजी ॥

राम जी की झाड़ू

उठो री सुहागन नार झाड़ू दे लो अँगना
उठो री भैया की बहना झाड़ू दे लो अँगना
बहू गई बाप के, बेटी गई सासरे
कैसे री बुहारूँ मेरा बासी घर अँगना

बेटी आ गई सास के से, बहू आ गई बाप के से
अब री बुहारो मेरा बासी घर अँगना
हाथ मेरे कँगना गोद मेरे ललना
कैसे रे बुहारूँ मेरा बासी घर अँगना

खोल दे ओ कँगना सुला दे ओ ललना
अब री बुहारो मेरा बासी घर अँगना
अन्दर तो तुम पोचा लगाओ बाहर माँजो बरतना
गंगा जी के घाट पर मैं नोत आऊँ बमना

अन्दर तो तुम खीर बनाओ
बाहर सेंको पूरियाँ
गंगाजी के घाट से
बुला लाऊँ बमना

उठो री सुहागन नार झाड़ू दे लो अँगना
अन्दर तो तुम बामन जिमाओ बाहर देओ दक्षिणा
गंगा जी के घाट पर विदा करो बमना
उठो री सुहागन नार, झाड़ू दे लो अँगना ॥

कलेवा

भोर भई चिड़िया चहचहाई
तो कृष्ण माँगे कलेवा
हो राम!

हम तो रे बेटा भजन में बैठे
पाठ में बैठे
तो राधा देगी कलेवा
हो राम!

बासी सी हँडिया उड़चन-खुरचन
खाटी लाई लासी
हो राम!

देखो री माता देखो यशोदा तो
ये क्या लाई कलेवा
हो राम!

ये तो बेटा भोली-भाली रे सीधी-साधी रे
तो ये क्या जाने कलेवा
हो राम!

माखन मिसरी दही का बेला तो
माता लाई कलेवा
हो राम!

जुग-जुग जियो मेरी मात यशोदा
जो नित उठ देव कलेवा
हो राम!

जुग-जुग जीवे मेरा बाल कन्हैया
जो नित उठ माँगे कलेवा
हो राम!

जो इस कलेवे को नित उठ गावे तो
फिर जन्म नहीं पावे
हो राम!

बाली गावे घर वर पावे
तो तरणी पुत्र खिलावे
हो राम!

बुढ़िया गावे तो गंगा-जमुना नहावे
तो स्वर्ग पालकी जावे
हो राम!

हम तुम गावे प्रभु को रिझावे तो
फिर जन्म नहीं पावे
हो राम ॥

हम तुमसे डरें राधा प्यारी

राधे खड़ी है बदन
पूछे हर से बात
हर नारायण श्री भगवान।

कपड़े कहाँ धुलवाए मेरे राम
मेहँदी कहाँ लगवाई मेरे राम।
राखी, कजरा, टीका
कहाँ लगवाया मेरे राम
हर नारायण श्री भगवान।

हम तो राधाप्यारी घाट गए थे
तो धोबन ने कपड़े धोये मेरे राम।
मालिन ने मेहँदी लगाई मेरे राम
सावन महीने सलूनो आई तो
बहनों ने राखी बाँधी मेरे राम
कार्तिक महीने दिवाली आई तो
कजरा इस गुण डाला मेरे राम
कार्तिक महीने भैया दूज जो आई तो
बहनों ने टीका लगाया मेरे राम
हर नारायण श्री भगवान।

क्यों री धोबन हम तुम्हें मारें
तो श्रीकृष्ण के कपड़े क्यों धोये मेरे राम
क्यों जी राधा प्यारी हमें क्यों मारो तो
तुलसा सौतन ब्याही मेरे राम
हर नारायण श्री भगवान।

क्यों जी कृष्ण जी झूठ क्यों बोले
तुलसा सौतन ब्याही मेरे राम।
हम तो राधा प्यारी तुमसे डरे थे तो
झूठ जो इस विध बोले मेरे राम ॥

वृषभानु की लाडली

वृषभानु की कँवर लाडली
नन्दजी के द्वारे पहुँची हो राम।
उस नन्दरानी ने ठान ली मन में
याही से करूँगी सगाई हो राम।
सारा तो गहना पहनाया
नौसर हार पहनाया राम।
छम-छम तो पायल पहनाई
सारा ही शहर सराहे हो राम।
मेरी राधा गोरी
कृष्ण हर साँवला
हो राम!

खेल-माल राधा घर को आई
माता पूछन लागी राम।
किसके द्वारे खेलन गई थी
कौन तेरा करा है सिंगार।
नन्दजी के द्वारे खेलन गई थी
नन्दरानी ने करा सिंगार।
सारा तो गहना पहनाया
नौसर हार पहनाया माँ।
छम-छम तो पायल पहनाई
सारा ही शहर सराहे माँ।
मेरी राधा गोरी
कृष्ण हर साँवला
हो राम!

राधा तो मेरी भोली-भाली
और कुछ ना जाने राम।
उस नन्दरानी से यूँ कह दीजो
ना करूँ काले से
ना करूँ गूजर से सगाई।
मेरी राधा गोरी
कृष्ण हर साँवला
हो राम!

नन्दजी के हरे बाग में
राधा खेलन चली राम।
जाय चमेली का फूल तोड़ा
डस गया काला नाग।
नन्दजी के वो हरे बाग में
नौ-नौ मेदा चाले राम।
जो मेरी राधा को
अच्छी कर दे
उसी से करूँगी सगाई।

मोरपंखी ले आए कृष्णजी
राधा को झाड़ा दीना राम।

उस वृषभानु ने ठान ली मन में
याही से करूँगी सगाई।

मोतीचूर मगध के लड्डू
नन्द जी के द्वारे भेजे राम।
उस नन्दरानी से यूँ कह दीजो
सारे ही शहर बँटाये।

कान्हा तो मेरा भोला-भाला
और कुछ न जाने राम।
उस वृषभानु से यूँ कह दीजो
ना कर काले
ना कर गूजर से सगाई।
मेरी राधा गोरी
किशन हर साँवला
हो राम!

राधा तो मेरी भोली-भाली
और कुछ ना जाने राम।
उस वृषभानु से यूँ कह दीजो
पलकों के ऊपर हृदय के भीतर राखे
मेरी राधा गोरी
किशन हर साँवला
हो राम!

श्री राधा जी की गोद भराई

खेलत-खेलत राधा गई है ब्रज में
नन्दरानी कोर बुलाई
हो राम!
हरा-हरा गोबर राधा, पीली-पीली माटी
मुतियन चौक पुराया
हो राम!

अन्दन-चन्दन के राधा पटरे बिछाये
ऊपर राधा बिठाई
हो राम!
छोटा-सा लड़का री राधा गउएँ चरावे
उम्र घोर बिठाया
हो राम!
अरी जरी की राधा चुंदड़ी उढ़ाई
ऊपर जरद किनारी
हो राम!
पाँच बताशे री राधा सारी मिठाई
मेवा से गोद भराई
हो राम!

आप भी खाइयो राधा सखियों ने दीजो
घर लेके मत जाइयो
हो राम!
आज तो आई राधा फिर मत आइयो
यहाँ तेरी हुई है सगाई
हो राम!

राधा की माता यूँ उठ बोली—
संग की सहेली सब घर आईं
तूने कहाँ देर लगाई
हो राम!
राधा बोली—खेलत-खेलत माता
गई थी ब्रज में
नन्दरानी कोर बुलाया
हो राम!
हरा-हरा गोबर माता पीली-पीली माटी
मुतियन चौक पुराया
हो राम!

अन्दन-चन्दन के माता पटरे बिछाये
ऊपर हमको बिठाया
हो राम!
छोटा-सा लड़का री माता गउएँ चरावे
उम्र घोर बिठाया
हो राम!
अरी जरी की माता चुंदड़ी उढ़ाई
ऊपर जरद किनारी
हो राम!
पाँच बताशे री माता सेर मिठाई
मेवा से गोद भराई
हो राम!

आप भी खाइयो राधा सखियों ने दीजो
घर लेके मत जाइयो
हो राम!
आज तो आई राधा फिर मत आइयो
यहाँ तेरी हुई है सगाई
हो राम!
देखो री मेरी अगड़ पड़ोसन, दोरानी-जिठानी
राधा कैसी लजाई
हो राम!

ससुराल

हरी-हरी चूड़ियाँ रतन पोंचिया
जो राम चले ससुराला जी।
जा उतरे गंगा के किनारे
तो जादू ने चरण पखारे जी।

चरण पखार चरणामृत लेना
तो धन-धन भाग हमारे जी।
ऊँगा का दातन गंगाजल झारी
तो जादू न दातन दिवावो जी।

ताता सा पानी तेल उबटना
तो जादू ने मसल उबट नुहावो जी।
पाट पीताम्बर रेशम की धोती
तो जादू ने वस्त्र पहनाओ जी।

घिस-घिस चन्दन भरी है कटोरी
तो जादू ने तिलक लगाओ जी।
मोतीचूर मगध के लड्डू
तो जादू ने भोग लगाओ जी।

आक-ढाक की पत्तल मँगावो
तो जादू ने पत्तलन दिवावो जी।
दाल भात गींवा का फलका
तो परवल की तरकारी जी।

पाँच रुपया ध्वजा ए नारियल
तो जादू ने भेंट चढ़ावो जी।
सास सपूती ने थाल परोसा
तो जीमो ना रतन जमाई जी।

चारों भाई जीमन बैठे
तो साली दे रही गाली जी।
काला की काला कृष्ण मुरारी
तो दो बापन का जाया जी।

हम तो हैं तीनों लोकों के ठाकुर
तो हमको कैसी गाली जी।
जो तुम हो तीन लोक के ठाकुर
तो काँए को आए ससुराला जी।

पौ फटी धरम की बेला
तो राम विदा होय आये जी।
क्या कोई आया नगरी का राजा
तो क्या न कोई आई है बराता जी।

दशरथ पुत्र कौशल्या का जाया
तो राम विदा होय आया जी।
गुडले पे बैठी माता कौशल्या
तो कैसी की पाई ससुराला जी।

ससुर हमारे इन्द्र वरुण हैं
तो सासु गंगा जल झारी जी।
साले हमारे चाँद-सूरज हैं
तो साली है कामणं गारी जी माता।

जैसो ही अग्नि में सोना तपत है
तो वैसी है कामनी हमारी जी।
नौ-दस मास गर्भ में रखा
तो कभी न करी बड़ाई जी।

एक रात रहा ससुराल
तो सासु की करी है बड़ाई जी।
सौगन्ध खाऊँ मैं तो नन्द बाबा की
तो कभी न जाऊँ ससुराला जी।

धन्य-धन्य रे बेटा तेरी ससुराल गावे
तो नित आओ नित जाओ जी।
जो कोई राम की ससुराल गावे
जन्म-मरण छूट जावे जी।

बाली गावे घर-वर पावे
तो तरनी पुत्र खिलावे जी।
बूढ़ी गावे गंगा-जमुना न्हावे
तो स्वर्ग पालकी आवे जी।
राम चले ससुराला जी!

क्या रे चढ़ाऊँ राम

क्या रे चढ़ाऊँ राम
क्या धर पूजूँ तो
क्या रे धरूँगी
हर के आगे राम।

बाड़ी का बथुआ राम
सुवा बिगाड़ा तो
कोयल कूक बिगाड़ी राम।
गउओं का दूध राम
बछड़ा बिगाड़े तो
माखन-माटियों का जूठा राम।
राम रसोई राम
बहुआ बिगाड़े
तो बालक जूठ बिखेरे राम।

मोर अशरफी राम
राजा सँभाले तो
बगुचा दीय सँभाले राम।
गहनों का डिब्बा राम
बहुआ सँभाले तो
बगुचा पूत सँभाले राम।

लोटा चढ़ाऊँ राम
लुड-लुड जाय तो
छन पे छली लागे प्यारी राम।
हम तो चढ़ावे राम केसरिया बागा
तो श्रीकृष्ण के अंग विराजे राम
हम तो चढ़ावे काबुल की मेवा तो
वो ही किशन हर ने प्यारी राम।
हम तो चढ़ावे राम
तुलसी का बिडला
तो शीश धरे-हर लागे राम।
यों ही चढ़ाऊँ राम
यों ही धर पूजूँ
यों ही धरूँगी हर के आगे राम ॥

आचरण

सोई पूछे ए मेरी नार
तेरे मन में क्या उपकार।
सासुजी के लागूँ पाँव
नन्दुली उठाऊँ चीर।
नन्दुली उठाऊँ चीर
सदा जिओ बाई का वीर।

धन्य ए गोरी तेरे भाग
तू न्हाई कार्तिक मास।
तू न्हाई धन्य कार्तिक मास में
पायो मैं बैकुंठा वास।

थे घण घाल्यो चिड़िया चून
मैं पायो मानस की जूण।
जो देंगे गऊ ग्रास
मैं पायो गया जी का वास।
थे घण घाल्यो कागा गिरास
मैं पायो काशी जी का वास।

फूटे लोटे सींचण जाये
जिसका जनम अकारथ जाये।
फूटी थाली भोजन खाये
जिसका जनम अकारथ जाये।

सासु पीसे बहू खाये
जिसका जनम अकारथ जाये।
बेटी के घर बाबुल खाये
जिसका जनम अकारथ जाये।

घर में घी जो रूखा खाये,
जिसका जनम अकारथ जाये।
घर घोड़ी जो पैदल जाये
जिसका जनम अकारथ जाये।

पीपल काटे बनाए किवाड़
जिसका जन्म अकारथ जाये।
चन्दन काटे जड़े किवाड़
उसका जनम सफल हो जाये।

बहू पीसे सासु खाये
उसका जनम सफल हो जाये।
बाबुल के घर बेटी जाये
उसका जनम सफल हो जाये।

नहाए-धोए मन्दिर में जाये
उसका जनम सफल हो जाये।
जै घर कन्या कुँवारी होय
जै घर राम सँवारी होय।

जिस घर बालक खेले बार
उस घर राम लियो अवतार ॥

पालना

काँए का तेरा पालना री सजनी
काँय लग रही डोर!
झुलाओ मोरी सजनी
श्री राम झूले पालना।

अन्दन-चन्दन का पालना री सजनी
रेशम लग रही डोर।
झुलाओ मोरी सजनी ...

ये कौन झूले
ये कौन झुलावे
ये कौन झोटा दे।
झुलाओ मोरी सजनी ...

श्री राम झूले
कौशल्या झुलावे
दशरथ झोटा दे।
झुलाओ मोरी सजनी ...

एक लुगाई
हमारे अँगना में आई
लाला के नजर लगाई।
झुलाओ मोरी सजनी ...

आँख न खोले लाला
मुख से न बोले
हुलर-हुलर दूधा गेरे।
झुलाओ मोरी सजनी ...

उस रे लुगाई ने
पकड़ बुलाओ
लाला की नजर उतारो।
झुलाओ मोरी सजनी ...

नून-राई उतारे यशोदा
लाला की नजर उतारी।
झुलाओ मोरी सजनी ...

आँख भी खोले लाला
मुख से भी बोले
गुटर-गुटर दूधा पीवे।
झुलाओ मोरी सजनी ...

श्री राम झूले पालना जी
झुलाओ मोरी सजनी ...
पालना झुलाओ ॥

ब्रज में खेलत चारों भाई

आँगन में खेलत हैं चारों भाई
ब्रज में खेलत हैं चारों भाई
राम, लक्ष्मण, भरत, शत्रुघन
हैं आँगन में धूम मचाई।

दूर खेलन मत जाओ
मेरे लाल दूर बड़े-बड़े हाऊ
आँगन में खेलत हैं चारों भाई
ब्रज में खेलत हैं चारों भाई।

मारी गेंद गई जमुना
कूद पड़े रघुराई
ना कोई चाचा, ना कोई ताऊ
ना कोई माँ का जाया भाई
आँगन में खेलत हैं चारों भाई।

हम ही चाचा, हम ही ताऊ
हम ही माँ का जाया भाई
आँगन में खेलत हैं चारों भाई।

रावण मार राम घर आए
घर-घर बँटे बधाई
माता कौशल्या करें आरती
सखियों ने मंगल गाई
राम, लक्ष्मण, भरत, शत्रुघन
हैं हनुमत चँवर झुलाई।
आँगन में खेलत हैं चारों भाई
आँगन में धूम मचाई ॥

जपें माला भजें माला

माला री तेरा जपना कठिन है
माला री तेरा भजना कठिन है।

सास, ससुर और पति अपने की
इन तीनों की सेवा कठिन है।

माता-पिता और गुरु अपने की
इन तीनों की आज्ञा कठिन है।

चाँद-सूरज और नौ लाख तारों का
इन तीनों का मिलना कठिन है।

गंगा-यमुना और त्रिवेणी
इन तीनों का बहना कठिन है।

राम, लक्ष्मण और सीता मइया
इन तीनों का दर्शन कठिन है।

माला री तेरा जपना कठिन है
माला री तेरा भजना कठिन है ॥

माला बड़ी कठिन

कृष्ण जी हमें बताइए माला
लीजे हर जी का नाम।
राधे माला बड़ी कठिन की जी
तुमसे भजिए न जाए।

दो घड़ी राधा दातन करियो
पौ फटी स्नान।
आँगन तुलसा बोइयो जी
बैठो आसन मार।

राधे बैठी पूजा में जी
साधू खड़ा तेरे द्वार।
साधू को दूँगी मैं बैठना जी
करके आदर भाव।

साधू भूखे भाव के जी
भूखे भोजन खाए।
माला हमें बताइयो जी
लीजे हर जी का नाम।
गेहूँ-चने का चूरमा जी
और बथुए का साग॥

कार्तिक स्नान

असोज उतरा कार्तिक लाग्या
कर पूरन स्नान
कार्तिक नहाइयो
दौड़ी तो दौड़ी राधा
गई है माय पे
सुनयो मायड़ म्हारी बात
कार्तिक नहाइयो

तुम तो है राधा प्यारी
बहुत लाडली
तुमसे तो उठा ही ना जाए
कार्तिक नहाइयो

दौड़ी तो दौड़ी राधा
गई है सास पे
सुनयो सासुजी म्हारी बात
कार्तिक नहाइयो

तुम तो हे राधा
बहूअ बहुत ही प्यारी
कैसे सवेरे उठ नहाओ
कार्तिक नहाइयो

दौड़ी तो दौड़ी राधा
गई है किशन पे
सुनयो मनमोहन म्हारी बात
कार्तिक नहाइयो

कार्तिक नहाना राधे
बहुत कठिन है
कार्तिक नेम अपार
कार्तिक नहाइयो

तीस दिना के राधा
तीस व्रत होवे
तीस ही विप्र जिमाव
कार्तिक नहाइयो

तीस ही दिवले राधे
तीस ही लड्डू
तीस ही गउओं का दान
कार्तिक नहाइयो

धरती का सोना राधे
एक छकिया भोजन
कार्तिक नेम अपार
कार्तिक नहाइयो

तीस दिन के कृष्णा
व्रत करूँगी
तीस ही विप्र जिमाऊँ
कार्तिक नहाइयो

तीस ही लड्डू कृष्णा
तीस ही दिवले
कर लूँगी गउओं का दान
कार्तिक नहाइयो

धरती पे सोऊँ कृष्णा
एक छकिया भोजन
कर लूँगी नेम अपार
कार्तिक नहाइयो ॥

कार्तिक की रात

करो ए कार्तिक की नहाने वाली
श्री कृष्ण जी की आरती हे राम।
काहे को तेरो दिवलो जी, काहे तेरी बात
कौन सुहागण कौन सपूती।
जो हीयो जी भर कार्तिक की रात।

सोने को मेरो दिवलो जी, रूपा मेरी बात
मैं ही सुहागण मैं ही सपूती।
जो हीयो जागे भर कार्तिक की रात।
श्री नारायण जी की आरती हे राम।

लीपा-पोता ओबरा जी माय
बिछाई सेज यो जोड़ी अलचल
रहीयों एक पुरुष दूजी नार।
श्री नारायण जी की आरती हे राम।

चन्दन भरबो चौकड़ा जी
मोतियन भर लो माँग
करो कृष्ण जी की आरती हे राम।

छींके दही जमावती, मिसरी का जामन दे
हर न नोत जीमावती जी
अलचल ढोलुगी जायँ
श्री नारायण जी की आरती हे राम।

हँस-हँस दोपहरी मोचडी जी
हँस-हँस बाँधी पाग
श्री कृष्ण जी व्यावण चल दिया
बरणी है राजकुमार।

श्री नारायण जी की आरती हे राम।

गंगा बड़ी गोदावरी जी
तीर्थ बड़े प्रयाग
बर्तों में एकादशी जी
यो म्हारो प्रेम आधार।
श्री नारायण जी की आरती हे राम।

भैंसों में भैंसे बड़ी
गायों में कपिला गाय
नारियों में सीता बड़ी जी
पुरुष बड़े भगवान
श्री नारायण जी की आरती हे राम।

तुलसी का बिडला भला जी
गाय चन्दन को रूख।
साधु की मंडली भली जी।
माय साँवरिया हर को रूप।
श्री नारायण जी की आरती हे राम।

नारायण के आरते में
कौन-कौन रखवाला
सीता माता, द्रौपदी जी और
कौशल्या हर की माय।
श्री नारायण के आरते में
कौन-कौन फल होवे
अन्न-धन लक्ष्मी बहुत
धनी मौर मुकुट गत होवे
श्री नारायण जी की आरती हे राम॥

इतवार

वार बड़ा जी इतवार
सूरज लोटा सींचिये

पहली अर्ज सुनो जानकी-जानकी
ससुर बड़े वसुदेव सास बड़ी देवकी
वार बड़ा जी इतवार ...

दूजी अर्ज सुनो जानकी-जानकी
जेठ बड़े महादेव जिठानी बड़ी पार्वती
वार बड़ा जी इतवार ...

तीजी अर्ज सुनो जानकी-जानकी
पति बड़े भगवान, देवर छोटे लक्ष्मण यती
वार बड़ा जी इतवार ...

चौथी अर्ज सुनो जानकी-जानकी
तीर्थ बड़े बद्रीनाथ, व्रतों में बड़ी एकादशी
वार बड़ा जी इतवार ...

सोमवार

आरती करत जनक कर जोड़े
बड़े भाग्य रामजी आये मोरे।

जीत स्वयंवर धनुष चढ़ाये
सब भूपन के गर्व मिटाये।
तोरि पिनाक किये दुइ खंडा
रघुकुल हर्ष रावण भय शंका।

आई है सीता संग सहेली
हरषि निरखी वर माला फेरी।
गज मोतियन के चौक पुराये
कनक-कलश भरी मंगल गाये।

कंचन थार कपूर की बाती,
सुरनर मुनिजन आये बाराती।
फिरत भाँवरे बाजा बाजे
सिया सहित रघुवीर विराजे।

धनि-धनि राम लखन दोउ भाई
धनि-धनि दशरथ कौशल्या माई।
राज दशरथ जनक विदेही
भरत-शत्रुहन परम सनेही।

मिथिलापुर में बजत बधाई
दास मुरारी स्वामी आरती गाई ॥

बृहस्पतिवार

आरती कीजै
बृहस्पति देव गुरु जी की।
ताता सा पानी तेल उबटना
मसल नुहाओ
बृहस्पति देव गुरु जी को।

पाट पीताम्बर टसरी की धोती
वस्त्र पहनाओ
बृहस्पति देव गुरु जी को।

घिस-घिस चन्दन भरी है कटोरी
तिलक लगाओ
बृहस्पति देव गुरु जी को।

मोती चूर बेसन के लड्डू
भोग लगाओ
बृहस्पति देव गुरु जी को।

भर डलिया पुष्पन की लाई
पुष्प चढ़ाओ
बृहस्पति देव गुरु जी को।

काँये के कारण केला सींचा
काँये के कारण चरण दबाए
बृहस्पति देव गुरु जी को।

अन्न-धन के कारण केला सींचा,
सुध-बुध के कारण चरण दबाए
बृहस्पति देव गुरु जी को

साँझ भई दिन छिपने को आया
पौढ़ सुलाओ
बृहस्पति देव गुरु जी को।

आधी सी रात छिटक रहे तारे
चरण दबाओ
बृहस्पति देव गुरु जी को।

पौ फटी चिड़िया चहचहाएँ
दर्शन पाओ
बृहस्पति देव गुरु जी को।

बाली गावें घर-वर पावें
तरणी पुत्र खिलावें
बृहस्पति देव गुरु जी को।

बूढ़ी गावें गंगा-जमुना नहावें
स्वर्ग पालकी जावें
बृहस्पति देव गुरु जी को ॥

माला न फेरी

उम्र सारी बीत गई
माला न फेरी

भोर भयी
चिड़िया चहकायीं
मैं घर-घर
हाँड आयी
माला ना फेरी।

मैं तेरी-मेरी
कर आयी
माला ना फेरी।
उम्र सारी बीत गई
माला ना फेरी।

न्हाय-धोय
आसन पर बैठी
ये निदिया बैरन आ गई
माला ना फेरी।

मैं गप्प-गप्प खा आयी
माला न फेरी।
उम्र सारी बीत गई
माला ना फेरी।

साँझ हुई
जब निकले तारे
मैं घाल खटोला
सोय गयी
माला ना फेरी।

उम्र सारी बीत गई
माला ना फेरी।

यम के दूत
जब लेने को आये
मैं खड़ी-खड़ी काँप रही
माला ना फेरी।
उम्र सारी बीत गई
माला ना फेरी।

धर्मराज जब लेखा माँगे
मैं सच-सच बोल आयी।
उम्र सारी बीत गई
माला ना फेरी ॥

पंचम परिक्रमा

आरती गीत

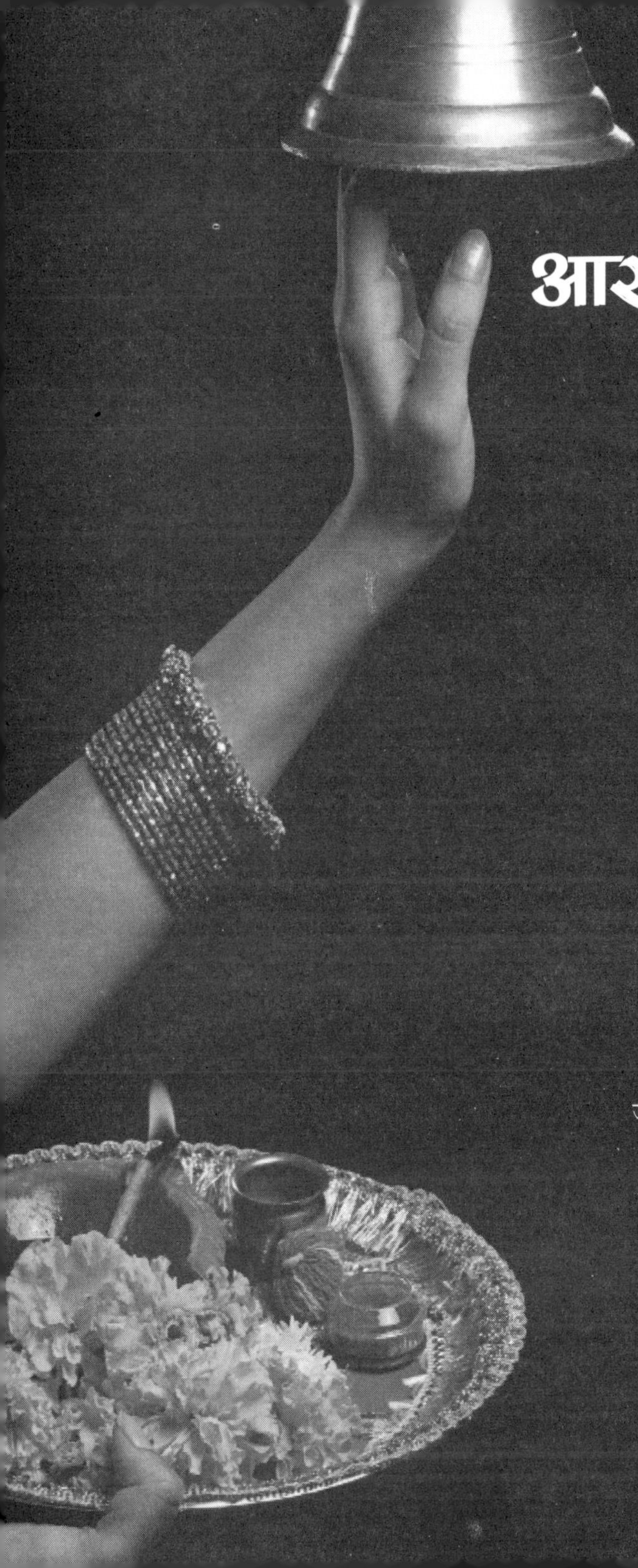

जब मैं था तब हरि नहीं
अब हरि हैं मैं नाहिं!
सब अँधियारा मिट गया
दीपक देख्या माहिं!
—कबीर ग्रन्थावली

जय गणेश देवा

जय गणेश जय गणेश जय गणेश देवा
माता जाकी पारवती पिता महादेवा

एक दन्त दयावन्त चारभुजा धारी
माथे सिन्दूर सोहे मूसे की सवारी
पान चढ़े फूल चढ़े और चढ़े मेवा
लड्डुअन का भोग लगे सन्त करें सेवा

अन्धन को आँख देत, कोढ़िन को काया
बाँझन को पुत्र देत, निर्धन को माया
दीनन की लाज राखो, शम्भु पुत्र वारी
मनोरथ को पूरा करो, जाऊँ बलिहारी

जय गणेश जय गणेश जय गणेश देवा
माता जाकी पारवती पिता महादेवा ॥

ॐ जय लक्ष्मी मैया

ॐ जय लक्ष्मी माता
मैया जय लक्ष्मी माता
तुमको निस-दिन सेवत
मैयाजी को निस-दिन सेवत
हर-विष्णु-विधाता
ॐ जय लक्ष्मी माता।

उमा रमा ब्रह्माणी
तुम ही जग माता
ओ मैया तुम ही जग माता
सूर्य चन्द्रमा ध्यावत
नारद ऋषि गाता
ॐ जय लक्ष्मी माता।

दुर्गा रूप निरंजनि
सुख सम्पति दाता
ओ मैया सुख सम्पति दाता
जो कोई तुमको ध्यावत
ऋद्धि-सिद्धि धन पाता
ॐ जय लक्ष्मी माता।

तुम पाताल निवासिनि
तुम ही शुभ दाता
ओ मैया तुम ही शुभ दाता
कर्म-प्रभाव-प्रकाशिनि
भवनिधि की त्राता
ॐ जय लक्ष्मी माता॥

जिस घर तुम रहती
सब सद्‌गुण आता
ओ मैया सब सद्‌गुण आता
सब सम्भव हो जाता
मन नहीं घबराता
ॐ जय लक्ष्मी माता।

तुम बिन यज्ञ न होते
वस्त्र न कोई पाता
ओ मैया वस्त्र न कोई पाता
खान-पान का वैभव
सब तुमसे आता
ॐ जय लक्ष्मी माता।

शुभ गुण मन्दिर सुन्दर
क्षीरोदधि-जाता
ओ मैया क्षीरोदधि जाता
रत्न चतुर्दश तुम बिन
कोई नहीं पाता
ॐ जय लक्ष्मी माता।

महालक्ष्मीजी की आरति
जो कोइ जन गाता
ओ मैया जो कोइ जन गाता
उर आनन्द समाता
पाप उतर जाता
ॐ जय लक्ष्मी माता ॥

जय जगदीश हरे

ॐ जय जगदीश हरे
स्वामी जय जगदीश हरे
भक्त जनों के संकट
क्षण में दूर करे

जो ध्यावे फल पावे
दुख बिनसे मन का
सुख सम्पति घर आवे
कष्ट मिटे तन का

मात-पिता तुम मेरे
शरण गहूँ मैं किसकी
तुम बिन और न दूजा
आस करूँ मैं जिसकी

तुम पूरण परमात्मा
तुम अन्तर्यामी
पारब्रह्म परमेश्वर
तुम सबके स्वामी

तुम करुणा के सागर
तुम पालनकर्ता
मैं सेवक तुम स्वामी
कृपा करो भर्ता

तुम हो एक अगोचर
सबके प्राणपती

किस विधि मिलूँ दयामय
तुमको मैं कुमती

दीनबन्धु दुखहर्ता
तुम रक्षक मेरे
करुणा हस्त बढ़ाओ
द्वार पड़ा तेरे

विषय विकार मिटाओ
पाप हरो देवा
श्रद्धा भक्ति बढ़ाओ
सन्तन की सेवा

ओऽम् जय जगदीश हरे
स्वामी जय जगदीश हरे ॥

आरती कीजै श्री रघुबर जी की

आरती कीजै श्री रघुबर जी की
सत्-चित् आनन्द शिवसुन्दर की

दशरथ-तनय कौसिला नन्दन
सुर-मुनि-रक्षक दैत्य-निकन्दन

अनुगत-भक्त भक्त-उर-चन्दन
मर्यादा-पुरुषोत्तम वर की

निर्गुन-सगुन अरूप-रूपनिधि
सकल लोक-वन्दित विभिन्न विधि

हरण शोक-भय, दायक सब सिधि
माया रहित दिव्य नर-वर की

जानकि पति सुराधिपति जगपति
अखिल लोक पालक त्रिलोकपति

विश्व वन्द्य अनवद्य अमित-मति
एकमात्र गति सचराचर की

शरणागत-वत्सल-व्रतधारी
भक्त-कल्पतरु-वर असुरारी

नाम लेत जग पावनकारी
वानर-सखा, दीन-दुख हर की

आरती कीजै श्री रघुबरजी की
सत्-चित् आनन्द शिवसुन्दर की ॥

आरती कुंज बिहारी जी की

आरती कुंज बिहारी की
श्री गिरिधर कृष्ण मुरारी की

गले में वैजन्ती माला
बजावे मुरली मधुर बाला
श्रवण में कुंडल झलकाला
नन्द के नन्द, श्री आनन्द कन्द, मोहन ब्रज चन्द
राधिका रमण बिहारी की
श्री गिरिधर कृष्ण मुरारी की

गगन सम अंग कान्ति काली
राधिक चमक रही आली
लतन में ठाड़े वनमाली
भ्रमर-सी अलक, कस्तूरी तिलक, चन्द्र-सी झलक
ललित छवि श्यामा प्यारी की
श्री गिरिधर कृष्ण मुरारी की

जहाँ से प्रगट भई गंगा
कलुष कलि हारिणि श्री गंगा
स्मरण से होत मोह भंगा
बसी शिव शीश, जटा के बीच, हरे अघ कीच
चरण छवि श्री बनवारी की
श्री गिरिधर कृष्ण मुरारी की

कनकमय मोर मुकुट बिलसै
देवता दरसन को तरसै
गगन सो सुमन राशि बरसै
बजे मुरचंग, मधुर मृदंग, ग्वालिनी संग
अतुल रति गोप कुमारी की
श्री गिरिधर कृष्ण मुरारी की

चमकती उज्ज्वल तट रेणू,
बज रही वृन्दावन वेणू
चहुँ दिसि गोपि ग्वाल धेनू
हँसत मृदु मन्द, चाँदनी चन्द, कटत भव-फन्द
टेर सुनु दीन दुखारी की
आरती कुंज बिहारी की
श्री गिरिधर कृष्ण मुरारी की ॥

जय शिव ओंकारा

ॐ जय शिव ओंकारा
स्वामी हर शिव ओंकारा।
ब्रह्मा विष्णु सदाशिव अर्धांगी धारा
ॐ जय शिव ओंकारा

एकानन चतुरानन पंचानन राजे
स्वामी पंचानन राजे
हंसासन गरुड़ासन वृष-वाहन साजे
ॐ जय शिव ओंकारा

दो भुज चार चतुर्भुज
दस भुज अति सोहे
स्वामी दस भुज अति सोहे
तीनों रूप निरखते
त्रिभुवन जन मोहे
ॐ जय शिव ओंकारा

अक्षमाला वनमाला
मुंडमाला धारी
स्वामी मुंडमाला धारी
चन्दन-मृग-मद सोहे
भाले शशि-धारी
ॐ जय शिव ओंकारा

श्वेताम्बर पीताम्बर
बाघाम्बर अंगे
स्वामी बाघाम्बर अंगे
सनकादिक-ब्रह्मादिक
भूतादिक संगे
ॐ जय शिव ओंकारा

कर में श्रेष्ठ कमंडल
चक्र त्रिशूल धरता
स्वामी चक्र त्रिशूल धरता
जगकर्ता जगहर्ता जग पालनकर्ता
ॐ जय शिव ओंकारा

ब्रह्मा विष्णु सदाशिव
जानत अविवेका
स्वामी जानत अविवेका
प्रणवाक्षर में शोभित
यह तीनों एका
ॐ जय शिव ओंकारा।

निर्गुण शिव की आरति
जो कोइ नर गावे
स्वामी जो कोइ नर गावे
कहत शिवानन्द स्वामी
मनवांछित फल पावे
ॐ जय शिव ओंकारा ॥

शिव चालीसा

जय गिरिजापति दीन दयाला
सदा करत सन्तन प्रतिपाला
भाल चन्द्रमा सोहत नीके
कानन कुंडल नागफनी के

अंग गौर सिर गंग बहाये
मुंड-माल तनु क्षार लगाये
वस्त्र खाल बाघम्बर सोहै
छवि को देख नाग मुनि मोहै

मैना मात की होवे दुलारी
बाम अंग सोहत छवि न्यारी
कर त्रिशूल शोभा अति भारी
करत सदा शत्रुन क्षयकारी

नन्दी गणेश सोहै तहँ कैसे
सागर मध्य कमल हैं जैसे
कार्तिक श्याम और गणराऊ
या छवि को कहि जात न काऊ

देवन जबहीं जाय पुकारा
तबहीं दुख प्रभु आप निवारा
किया उपद्रव तारक भारी
देवन सबमिलि तुमहिं जुहारी

तुरत षडानन आप पठायउ
लव निमेष महँ मार गिरायउ
आप जलंधर असुर संहारा
सुयश तुम्हार विदित संसारा

त्रिपुरासुर संग युद्ध मचाई
तबहिं कृपा करि लीन बचाई

किया तपहिं भागीरथ भारी
पुरव प्रतिज्ञा तासु पुरारी
दानिन महँ तुम सम कोउ नाहीं
सेवक स्तुति करत सदाहीं

वेद माहिं महिमा तुम गाई
अकथ अनादि भेद नहिं पाई
प्रकटी उदधि मन्थन में ज्वाला
जरे सुरासुर भए बिहाला

कीन्ह दया तहँ करी सहाई
नीलकंठ तब नाम कहाई

पूजन राजचन्द्र जब कीन्हा
जीत के लंक विभीषण दीन्हा
सहस कमल में हो रहे धारी
कीन्ह परीक्षा तबहिं पुरारी

एक कमल प्रभु राखेउ जोई
कमल नैन पूजन चहुँ सोई
कठिन भक्ति देखी प्रभु शंकर
भए प्रसन्न दिए इच्छित वर

जय-जय-जय अनन्त अविनासी
करत कृपा सबके घटवासी
दुष्ट सकल नित मोहि सतावे
भ्रमत रहूँ मोहि चैन न आवे

त्राहि-त्राहि मैं नाथ पुकारो
यह अवसर मोहि आन उबारो
ले त्रिशूल शत्रुन को मारो
संकट से मोहि आन उबारो

मात-पिता भ्राता सब कोई
संकट में पूछत नहिं कोई
स्वामि एक है आस तुम्हारी
आइ हरहु मम संकट भारी

धन निर्धन को देत सदा ही
जो कोइ जाँचे सो फल पाही
स्तुति केहि विधि करौ तुम्हारी
क्षमहु नाथ अब चूक हमारी

शंकर ही संकट के नाशन
विघ्न विनाशन मंगल कारन
योगी यति मुनि ध्यान लगावे
नारद शारद शीश नवावे

नमो नमो जय नमो शिवाय
सुर ब्रह्मादिक पार न पाय
जो यह पाठ करे मन लाई
ता पर होत है शम्भु सहाई

ऋणिया जो कोइ हो अधिकारी
पाठ करे सो पावन हारी
पुत्रहीन करे इच्छा कोई
निश्चय शिव प्रसाद तेहि होई

पंडित त्रयोदशी को लावे
ध्यानपूर्वक होम करावे
त्रयोदशी व्रत करे हमेशा
मन नहिं ताके रहे कलेशा

धूप दीप नैवेद्य चढ़ावे
शंकर सन्मुख पाठ सुनावे
जन्म-जन्म के पाप नसावे
अन्त वास शिवपुर में पावे

नित्य नेम कर प्रात ही
पाठ करो चालीस
तुम मेरी मनोकामना
पूर्ण करहु जगदीश

मगसर छठ हेमन्त ऋतु
सम्वत् चौंसठ जान
स्तुति चालीसा शिवहिं
पूर्ण कीन कल्यान ॥

जय अम्बे गौरी

जय अम्बे गौरी, मैया जय श्यामा गौरी
तुमको निस-दिन ध्यावत
मैयाजी को निस-दिन ध्यावत
हरि ब्रह्मा शिवजी
जय अम्बे गौरी

माँग सिन्दूर विराजत
टीको मृगमद को
मैया टीको मृगमद को
उज्ज्वल से दोउ नैना चन्द्रवदन नीको
जय अम्बे गौरी

कनक समान कलेवर
रक्तांबर साजे
मैया रक्तांबर साजे
रक्त पुष्प गले माला कंठ हार साजे
जय अम्बे गौरी

केहरि वाहन राजत
खड्ग खप्पर धारी
मैया खड्ग खप्पर धारी
सुर-नर-मुनि-जन सेवत तिनके दुख हारी
जय अम्बे गौरी

कानन कुंडल शोभित
नासाग्रे मोती
मैया नासाग्रे मोती

कोटिक चन्द्र दिवाकर राजत सम ज्योती
बोलो जय अम्बे गौरी

शुम्भ निशुम्भ विदारे
महिषासुर घाती
मैया महिषासुर घाती
धूम्र विलोचन नैना निशदिन मदमाती
जय अम्बे गौरी

चण्ड मुण्ड संहारे
शोणित बीज हरे
मैया शोणित बीज हरे
मधु कैटभ दोउ मारे सुर भय हीन करे
बोलो जय अम्बे गौरी

ब्रह्माणी रुद्राणी
तुम कमला रानी
मैया तुम कमला रानी
आगम निगम बखानी तुम शिव पटरानी
जय अम्बे गौरी

चौंसठ योगिनि मंगल गावत
नृत्य करत भैरों
मैया नृत्य करत भैरों
बाजत ताल मृदंगा और बाजत डमरू
जय अम्बे गौरी

तुम हो जग की माता
तुम ही हो भर्ता
मैया तुम ही हो भर्ता
भक्तन की दुखहर्ता सुख सम्पति कर्ता
जय अम्बे गौरी

भुजा चार अति शोभित
वर मुद्राधारी
मैया वर मुद्राधारी
मन वांछित फल पावत सेवत नर-नारी
जय अम्बे गौरी

कंचन थाल विराजत
अगर कपुर बाती
मैया अगर कपुर बाती
श्री मालकेतु में राजत कोटि रतन ज्योती
जय अम्बे गौरी

माँ अम्बे की आरति
जो कोइ नर गावे
मैया जो कोइ नर गावे
कहत शिवानन्द स्वामी सुख सम्पति पावे
जय अम्बे गौरी ॥

जय सन्तोषी मैया

ॐ जय सन्तोमी माता
मैया जय सन्तोषी माता
अपने सेवकजन की
सुख सम्पति दाता
मैया जय सन्तोषी माता

सुन्दर चीर सुनहरी
माँ धारण कीन्हो
मैया माँ धारण कीन्हो
हीरा पन्ना दमके
तन शृंगार कीन्हो
मैया जय सन्तोषी माता

गेरू लाल छटा छवि
बदन कमल सोहे
मैया बदन कमल सोहे
मन्द हँसत करुणामयि
त्रिभुवन मन मोहे
मैया जय सन्तोषी माता

स्वर्ण सिंहासन बैठी
चँवर डुले प्यारे
मैया चँवर डुले प्यारे
धूप दीप मधु मेवा
भोज धरे न्यारे
मैया जय सन्तोषी माता

गुड़ और चना परमप्रिय
तामें सन्तोष कियो
मैया तामें सन्तोष कियो
सन्तोषी कहलाई
भक्तन विभव दियो
मैया जय सन्तोषी माता

शुक्रवार प्रिय मानत
आज दिवस सो ही
मैया आज दिवस सो ही
भक्त मंडली आई कथा सुनत मोही
मैया जय सन्तोषी माता

मन्दिर जगमग ज्योती
मंगल ध्वनि छाई
मैया मंगल ध्वनि छाई
विनय करें हम सेवक
चरनन सिर नाई
मैया जय सन्तोषी माता

भक्ति भाव्यम पूजा
अंगीकृत कीजै
मैया अंगीकृत कीजै
जो मन बसे हमारे
इच्छित फल दीजै
मैया जय सन्तोषी माता

दुखी दरिद्री रोगी
संकट मुक्त किये

मैया संकट मुक्त किये
बहु धन-धान्य भरे घर
सुख सौभाग्य दिये
मैया जय सन्तोषी माता

ध्यान धरे जो तेरा
मनवांछित फल पायो
मैया मनवांछित फल पायो
पूजा कथा श्रवण कर
घर आनन्द आयो
मैया जय सन्तोषी माता

चरण गहे की लज्जा
रखियो जगदम्बे
मैया रखियो जगदम्बे
संकट तू ही निवारे
दयामयी अम्बे
मैया जय सन्तोषी माता

सन्तोषी माता की आरति
जो कोइ जन गावे
मैया जो कोइ जन गावे
ऋद्धि-सिद्धि सुख सम्पति
जी भर के पावे
मैया जय सन्तोषी माता ॥

हनुमान लला की आरती

आरति कीजै हनुमान लला की
दुष्ट दलन रघुनाथ कला की

जाके बल से गिरिवर काँपे
रोग दोष जाके निकट न झाँपे
अंजनि पुत्र महा बलदायी
सन्तन के प्रभु सदा सहायी
आरति कीजै हनुमान लला की
दुष्ट दलन रघुनाथ कला की

दे बीरा रघुनाथ पठाये
लंका जारि सिया सुधि लाये
लंका सो कोट समुद्र सी खाई
जात पवनसुत बार न लाई
आरति कीजै हनुमान लला की
दुष्ट दलन रघुनाथ कला की

लंका जारि असुर संघारे
सिया रामजी के काज सँवारे
लक्ष्मण मुर्छित पड़े सकारे
आनि संजीवन प्राण उबारे
आरति कीजै हनुमान लला की
दुष्ट दलन रघुनाथ कला की

पैठि पाताल तोरि यम कारे
अहिरावन की भुजा उखारे
बाँये भुजा असुर दल मारे
दाहिने भुजा सन्तजन तारे

आरति कीजै हनुमान लला की
दुष्ट दलन रघुनाथ कला की

सुर नर मुनि जन आरति उतारे
जय-जय-जय हनुमान उचारे
कंचन थार कपूर लौ छाई
आरति करत अंजना माई
आरति कीजै हनुमान लला की
दुष्ट दलन रघुनाथ कला की

जो हनुमान जी की आरति गावे
बसि वैकुंठ परम पद पावे
आरति कीजै हनुमान लला की
दुष्ट दलन रघुनाथ कला की ॥

आरती अंजनी कुमार की

आरती श्री अंजनी कुमार की
शिवस्वरूप मारुति नन्दन
केसरी-सुअन कलजुग कुठार की

हिय में राम-सीय नित राखत
मुख सों रामनाम गुण भाखत
सुमधुर प्रेम-रस चाखत
मंगलकर, मंगलाकर की
आरती श्री अंजनी कुमार की

विस्मृत बल पौरुष
अतुलित बल
दहन दनुज बन हित दावानल
ज्ञान मुकुट मणि
पूर्ण गुण सकल
मंजु भूमि शुभ सदाचार की
मन इन्द्रिय विजयी विशाल मति
कला निधान
निपुण गायक अति
छन्द व्याकरण शास्त्र अमित गति
रामभक्त अतिशय उदार की
आरती श्री अंजनी कुमार की

पावन परम सुभक्ति प्रदायक
शरणागत को सब सुखदायक
विजयी वानर सेना नायक
सुगति पोत के कर्णधार की
आरती श्री अंजनी कुमार की ॥

श्री हनुमान चालीसा

॥ दोहा ॥

श्रीगुरु चरन सरोज रज निज मनु मुकुरु सुधारि।
बरनउँ रघुबर बिमल जसु जो दायकु फल चारि ॥

बुद्धिहीन तनु जानिके सुमिरों पवन-कुमार।
बल बुधि विद्या देहु मोहिं हरहु कलेस बिकार ॥

॥ चौपाई ॥

जय हनुमान ज्ञान गुन सागर ।
जय कपीस तिहुँ लोक उजागर ॥१॥

राम दूत अतुलित बल धामा ।
अञ्जनि-पुत्र पवनसुत नामा ॥२॥

महाबीर बिक्रम बजरंगी ।
कुमति निवार सुमति के संगी ॥३॥

कञ्चन बरन बिराज सुबेसा ।
कानन कुण्डल कुञ्चित केसा ॥४॥

हाथ बज्र औ ध्वजा बिराजै ।
काँधे मूँज जनेऊ साजै ॥५॥

संकर सुवन केसरीनन्दन ।
तेज प्रताप महा जग बन्दन ॥६॥

बिद्यावान गुनी अति चातुर ।
राम काज करिबे को आतुर ॥७॥

प्रभु चरित्र सुनिबे को रसिया ।
राम लखन सीता मन बसिया ॥८॥

सूक्ष्म रूप धरि सियहिं दिखावा ।
बिकट रूप धरि लंक जरावा ॥९॥

भीम रूप धरि असुर सँहारे ।
रामचंद्र के काज सँवारे ॥१॥

लाय संजीवन लखन जियाये ।
श्रीरघुबीर हरषि उर लाये ॥११॥

रघुपति कीन्ही बहुत बड़ाई ।
तुम मम प्रिय भरतहि सम भाई ॥१२॥

सहस बदन तुम्हरो जस गावैं ।
अस कहि श्रीपति कण्ठ लगावैं ॥१३॥

सनकादिक ब्रह्मादि मुनीसा ।
नारद सारद सहित अहीसा ॥१४॥

जम कुबेर दिगपाल जहाँ ते ।
कबि कोबिद कहि सके कहाँ ते ॥१५॥

तुम उपकार सुग्रीवहिं कीन्हा ।
राम मिलाय राज पद दीन्हा ॥१६॥

तुम्हरो मन्त्र बिभीषन माना ।
लंकेस्वर भए सब जग जाना ॥१७॥

जुग सहस्र जोजन पर भानू ।
लील्यो ताहि मधुर फल जानू ॥१८॥

प्रभु मुद्रिका मेलि मुख माहीं ।
जलधि लाँघि गये अचरज नाहीं ॥१९॥

दुर्गम काज जगत के जेते।
सुगम अनुग्रह तुम्हरे तेते ॥२०॥

राम दुआरे तुम रखवारे ।
होत न आज्ञा बिनु पैसारे ॥२१॥

सब सुख लहै तुम्हारी सरना ।
तुम रच्छक काहू को डर ना ॥२२॥

आपन तेज सम्हारो आपै ।
तीनों लोक हाँक ते काँपै ॥२३॥

भूत पिसाच निकट नहिं आवै ।
महाबीर जब नाम सुनावै ॥२४॥

नासै रोग हरै सब पीरा ।
जपत निरन्तर हनुमत बीरा ॥२५॥

संकट तें हनुमान छुड़ावै ।
मन क्रम बचन ध्यान जो लावै ॥२६॥

सब पर राम तपस्वी राजा ।
तिन के काज सकल तुम साजा ॥२७॥

और मनोरथ जो कोइ लावै ।
सोइ अमित जीवन फल पावै ॥२८॥

चारों जुग परताप तुम्हारा ।
है परसिद्ध जगत उजियारा ॥२९॥

साधु सन्त के तुम रखवारे ।
असुर निकन्दन राम दुलारे ॥३०॥

अष्टसिद्धि नौ निधि के दाता ।
अस बर दीन जानकी माता ॥३१॥

राम रसायन तुम्हरे पासा ।
सदा रहो रघुपति के दासा ॥३२॥

तुम्हरे भजन राम को पावै ।
जनम जनम के दुख बिसरावै ॥३३॥

अन्त काल रघुबर पुर जाई ।
जहाँ जन्म हरिभक्त कहाई ॥३४॥

और देवता चित्त न धरई ।
हनुमत सेइ सर्ब सुख करई ॥३५॥

संकट कटै मिटै सब पीरा ।
जो सुमिरै हनुमत बलबीरा ॥३६॥

जय जय जय हनुमान गोसाईं ।
कृपा करहु गुरुदेव की नाईं ॥३७॥

जो सत बार पाठ कर कोई ।
छूटइ बन्दि महा सुख होई ॥३८॥

जो यह पढ़ै हनुमान चालीसा ।
होय सिद्धि साखी गौरीसा ॥३९॥

तुलसीदास सदा हरि चेरा ।
कीजै नाथ हृदय महँ डेरा ॥४॥

॥ दोहा ॥

पवनतनय संकट हरन मंगल मूरति रूप ।
राम लखन सीता सहित हृदय बसहु सुर भूप ॥

आरती उतारें हम साईं बाबा की

आरती उतारें हम तुम्हारी साईं बाबा
चरणों के तेरे हम पुजारी साईं बाबा

विद्या बल बुद्धि, बन्धु माता पिता हो
तन-मन-धन-प्राण, तुम ही सखा हो
हे जगदाता अवतारे साईं बाबा
आरती उतारें हम तुम्हारी साईं बाबा

ब्रह्म के सगुण अवतार तुम स्वामी
ज्ञानी दयावान प्रभु अन्तरयामी
सुन लो विनती हमारी साईं बाबा
आरती उतारे हम तुम्हारी साईं बाबा

आदि हो अनन्त त्रिगुणात्मक मूर्ति
सिन्धु करुणा के हो उद्धारक मूर्ति
शिरडी के सन्त चमत्कारी साईं बाबा
आरती उतारें हम तुम्हारी साईं बाबा

भक्तों की खातिर जनम लिये तुम
प्रेम ज्ञान सत्य स्नेह मरम दिये तुम
दुखिया जनों के हितकारी साईं बाबा
आरती उतारें हम तुम्हारी साईं बाबा ॥

आरती तुलसी जी की

जय तुलसी माता, मैया जय तुलसी माता
सब जग की सुखदाता, वरदाता
जय तुलसी माता, मैया जय तुलसी माता

सब रोगों के ऊपर
रुज से रक्षा करके भव त्राता
जय तुलसी माता, मैया जय तुलसी माता

बहुपुत्री हे श्यामा, सुर बल्ली हे ग्राम्या
विष्णुप्रिये जो तुमको सेवे, सो नर तर जाता
जय तुलसी माता, मैया जय तुलसी माता

हरि के साथ विराजत, त्रिभुवन से हो वन्दित
पतित जनों की तारिणी, तुम हो विख्याता
जय तुलसी माता, मैया जय तुलसी माता

लेकर जनम विजन में आई, दिव्य भवन में
मानव लोक तुम्हीं से सुख सम्पति पाता
जय तुलसी माता, मैया जय तुलसी माता

हरि को तुम अति प्यारी, श्याम वरण सुकुमारी
प्रेम अजर है उनका, तुमसे कैसा नाता
जय तुलसी माता, मैया जय तुलसी माता ॥